Le Manoir des plaisirs

Victor de Festeau

Le Manoir des plaisirs

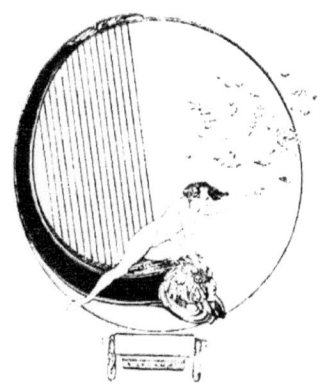

Chez l'auteur
2020

© La Petite Bibliothèque érotique
Édition : BoD – Books on Demand, 12/14 rond-point des Champs-Élysées, 75008 Paris
Impression : BoD - Books on Demand, Norderstedt, Allemagne
ISBN : 9782322253029
Dépôt légal : octobre 2020

-I-

— Je ne sais pas si ce jeu sera aussi amusant que tu le dis, doudou ! lança une jeune femme d'une voix fluette qui couvrait à peine le moteur ronronnant de la voiture et les chaos des suspensions sur la route défoncée.

Clarisse, car c'était le nom de la demoiselle qui geignait ainsi, disait cela en regardant au-dessus d'elle les frondaisons des arbres qui s'étiraient comme les serres d'un rapace et la forêt noire et inquiétante qui s'étendait de tout côté. Elle avait imaginé un autre cadre au séjour campagnard que lui avait promis Daniel, l'homme qui à présent tenait le volant non sans lorgner de temps à autre sur les cuisses tentatrices de sa charmante accompagnatrice. Il avait eu du mal à la trouver cette perle à la fois charmante, libertine et pas trop caractérielle, mais en la contemplant sous tous les angles, il se disait qu'elle valait bien les efforts qu'il avait consentis pour ne pas manquer la réunion annuelle avec ses « amis ». Il avait un oiseau rare, car elle n'avait pas que la cuisse

bien faite, et pour l'avoir expérimenté, il savait que sous ce petit bout de femme inquiète et contrite sur son siège sommeillaient mille péchés de luxure. Alors qu'il aurait dû se concentrer sur la route, éviter les nids de poule, éloigner la carrosserie des branchages, il ne pouvait s'empêcher de jeter un œil à la fente de son entrejambe que lui dessinait un mini-short abusivement moulant et à ces deux seins qui sous un t-shirt blanc tout aussi près du corps dodelinaient à chaque secousse. Il imaginait sa pine à la place de la ceinture de sécurité prise entre ces deux monts tremblotants et il sentait le plaisir monter en lui, et cette même pine prisonnière d'un slip et d'un pantalon gonfler de ses rêvasseries érotiques :
— Ralentis doudou ou évite ces trous, j'ai les fesses en compote.
— Tu me fais rire minette, comment tu veux que je me concentre sur la route alors que tes lolos battent la cadence sous mes yeux. Si encore tu avais un soutif…
— Mais j'ai un soutif ! N'empêche que si tu regardais la route mes lolos ne te déconcentreraient pas.
— Il y a ton short aussi, il est si court qu'on dirait une culotte !

— J'ai pas de culotte ! Tu m'as demandé de m'habiller sexy. On va bien à une partie coquine ? Alors !
— Tu aurais dû passer à l'arrière, là je n'arrive pas à suivre la route et tu m'as donné une de ces triques… Tu ne sais pas ce que c'est toi pour un homme, mais on ne peut pas faire deux choses à la fois, et conduire et bander moins que tout.
Un petit sourire aux lèvres, Clarisse regarda l'entrejambe de son homme juste pour constater la bosse bien dessinée à l'emplacement de la braguette :
— Ah oui, dit-elle, tu en tiens une belle ! plaisanta-t-elle en glissant sa main sur la cuisse de Daniel pour l'exciter encore un peu plus.
— Fais gaffe, on va se planter !
— Allons, répliqua-t-elle, mourir en bandant, il y a pire comme situation !
— Mourir en satyre, tu parles d'une réjouissance ! Ils sont bien capables de me retrouver comme ça. J'aurai belle allure !
— Oh oui ! Mais au moins, même si on est défiguré, on ne te confondra pas avec moi !
— T'es bête !

Clarisse entreprit alors de se caresser la poitrine, doucement, comme elle l'aurait fait si elle avait été seule dans son bain parfumé en guise de préliminaires avant de se masturber les doigts dans la mousse. Puis, une de ses mains descendit jusqu'à son short en jeans et avec une grâce serpentine, ne tarda pas à trouver la couture qui épousait assez les formes de son sexe pour n'en rien cacher. Elle ne passa que le bout de son index sur sa fente, mais s'en fut assez pour laisser Daniel imaginer qu'à la place de cet ongle peint de rouge et de ce fin doigt de jeune fille il mettait sa langue frétillante. Il se sentit encore davantage à l'étroit sous sa braguette, un peu moins concentré sur sa conduite et plus désireux que jamais d'assouvir un plaisir qu'il savait devoir finir sur un pantalon neuf s'il ne prenait pas prestement une décision :

— Je te vois venir Clarisse, tu veux que je salope un froc qui m'a coûté une fortune ! Je l'ai acheté pour faire bien devant mes amis. Ils ont tous une excellente situation par rapport à moi. De quoi vais-je avoir l'air ?!

— C'est toi qui bandes doudou ! Tu ne peux pas cacher que tu veux de moi, là, maintenant, c'est ton corps qui le dit. Et ton corps s'en fiche de ton pantalon. Mais il y a peut-être une solution…

Daniel savait ce que pensait Clarisse. Il se doutait de sa solution, et puisqu'elle ne le laisserait pas tranquille et que c'était son idée, une éjaculation sans plaisir dans un froc dernier chic ou une branlette sur le bord de la route, il ne mit pas longtemps à se décider :

— Ok ! Tu as gagné ! Mais quand je vais décharger, si tu te retires et que les sièges et la voiture prennent tout je t'abandonne sur le bord de la route ! Et tes charmes ne te serviront à rien, car personne ne passe par ici !

— Tu ne le feras pas, car tu es un homme, un vrai, pas un goujat ! répliqua Clarisse avec malice avant de détacher sa ceinture pour se mettre plus à l'aise.

— On verra, je ne promets pas de ne pas avoir une réaction instinctive de goujaterie si je décharge sur mon tapis de sol à cause de toi.

— Ce sera mieux que dans le froc ! Allez, laisse-moi passer. Lève ce bras.

— Mais je conduis aussi !

— Utilise ton autre bras, je ne vais pas me contorsionner ! À la vitesse où tu vas, tu n'as pas besoin d'être vissé à ton volant.

Daniel jugea que Clarisse n'avait pas tort et pour lui donner champ libre, il retira sa main droite du volant. Il songeait qu'il aurait peut-être été préférable de s'arrêter, même au milieu de la route, puisqu'il n'y avait personne, mais cela aurait de beaucoup gâché le jeu et Clarisse n'aurait pas apprécié cette attitude timorée si loin de ce que Daniel lui avait vanté de ses couilles grosses comme un camion.

Maintenant que plus rien ne l'embarrassait, la jeune femme entreprit de tâter avec un peu plus de vigueur le membre turgescent de son chéri, dont elle devinait, non sans un frisson de plaisir, toute la dureté à travers le tissu du pantalon :

— Arrête de me faire languir ! Ouvre-moi ça !
— Eh, tu crois que je suis attendue par un autre ! Tu vas quand même pas faire ton adolescent impatient !

Clarisse fit mine de bougonner, mais elle-même éprouvait un certain empressement à mettre dans sa bouche une pine si robuste.

Elle n'en voulait rien montrer, mais ses yeux pétillaient d'un éclat qui ne trompait pas, et elle se pinça la lèvre inférieure en déboutonnant et en ouvrant la braguette de Daniel. Ce tic se manifestait toujours lorsqu'elle se sentait disposée à gâter ou à être gâtée selon son humeur. Là, elle se disait que ça allait être une gâterie très également partagée, car si elle se promettait d'offrir tous les ressorts secrets de sa bouche généreuse à son homme, il lui faisait honneur avec une verge qui en s'échappant bientôt du slip qui la tenait prisonnière continua de gonfler et de se dresser en se décalottant tout à fait devant sa dame. Un sang chaud et palpitant l'irriguait généreusement, et en libérant à leur tour les couilles, Clarisse put sentir cette vie circuler sous ses doigts. C'était elle qui en était l'instigatrice, et cette capacité des femmes de mettre en branle les sexes des hommes sans même les toucher lui avait toujours paru plus féérique que tous les tours de magie qu'elle avait pu voir.

Elle commença par masser délicatement les testicules qu'elle sentait sous ses doigts, deux petites boules aussi dures que fragiles qu'elle ne tarderait pas à vider de leur substantifique moelle. Elle se pencha vers Daniel, et après quelques préliminaires, huilant bien la pine de sa salive, elle l'engloutit dans sa bouche et lui imprima ce mouvement continu d'aller et retour entre ses lèvres goulues. Saisi par le plaisir, Daniel commença à zigzaguer, et après avoir eu toutes les peines du monde à se ressaisir, il ralentit encore en prévision de l'orgasme qui lui viendrait et dont il refusait qu'il lui coutât une voiture ou même un peu plus. Malgré tout, la route cahotait, et en dépit de ses talents, Clarisse manqua plus d'une fois de refermer ses dents sur l'attribut qu'elle polissait d'ordinaire avec la douceur de la soie :

— Fais attention ! Tu veux me la tailler !

Clarisse se retira un instant :

— Si tu conduisais mieux ! On voit bien que t'as jamais fait ça toi ! C'est pas comme s'enfiler une sucette !

La jeune femme s'y remit, s'appliquant à bien tendre et détendre la peau innervée, à lécher ce gland rougeoyant tout en massant les couilles bien remontées dans leurs bourses, prêtes à servir. Daniel aurait pu tenir en d'autres circonstances, ne pas s'abandonner si facilement au plaisir, il n'aimait pas se sentir comme cela à la merci d'une femme qui pouvait tirer de lui le meilleur parti en quelques minutes d'une fellation appliquée, mais il se disait que ce n'était pas franchement le moment. Il poussa un soupir de soulagement, et tandis que le bas de son ventre se contractait violemment, dans la bouche de Clarisse qui ne lâchait pas son appât, un afflux spermatique ne tarda pas à se répandre en vagues successives. La chaleur de la semence échappée du corps viril l'envahit bientôt. Son goût salé se déposa sur sa langue et sa salive se mêla à la texture gluante du sperme épais de Daniel. Elle le connaissait bien, ce n'était pas le plus aisé à avaler, et elle ne l'avala pas en effet, car la tête penchée en avant, il était bien difficile de le faire glisser dans la gorge. Elle se retira, non sans laisser échapper un peu de ce liquide qu'elle gardait dans les poches de ses joues, et voulut le cracher par la fenêtre, mais alors qu'elle se retournait, la voiture cala brutalement. Clarisse se trouva projetée vers l'avant, et avec elle tout le contenu de sa bouche qu'elle ouvrit par réflexe en même temps que ses seins s'écrasaient sur le tableau de bord. Elle poussa un cri, et pour avoir presque épargné le tapis de sol, elle n'en avait pas moins salopé le pare-brise. L'ire de Daniel ne tarda pas, avec les reproches, mais tout en s'essuyant les lèvres du revers de la main et en massant sa poitrine douloureuse, Clarisse répondit, défiante :

— Mon petit bonhomme, t'avais qu'à pas caler ! Moi j'ai fait ma partie, et j'ai failli me fracasser la tête parce que monsieur ne sait pas tenir un volant !

— J'ai eu une crampe dans la jambe, j'ai lâché la pédale ! Si tu n'avais pas… oh, et puis mince, nettoie au moins !

— C'est autant ta propriété que la mienne sur ce pare-brise !

— Oui, tous les enfants que j'aurais pu avoir avec toi et que je n'aurai heureusement pas !

— Goujat !

— Ah, tu as de la chance que je n'ai pas envie de conduire la nuit et pas le temps de discuter ! Allons, fais de la place !

Daniel sortit son mouchoir et essuya tant bien que mal les salissures en grommelant sous les yeux de Clarisse qui se tut, jusqu'à ce que la voiture eût redémarré. Elle sourit alors, et déposant un simple baiser sur la joue de Daniel, elle lança :

— Je retire ce que j'ai dit ! Tu n'es pas un goujat doudou. Tu ne m'as pas laissée au bord de la route.

Daniel soupira, ennuyé de la maladresse de sa « minette » et pourtant heureux d'avoir été soulagé de belle manière par cette même féline. À ce moment, il ne regrettait pas de ne pas pouvoir bander deux fois à la suite, car même si elle avait sali sa voiture, il se disait que vraiment, assise-là avec les cuisses nues, les fesses dans le denim et les seins droits, il aurait bien pu lui en demander une deuxième. Maintenant, elle tracassait son esprit, mais sa pine, au moins, le laisserait tranquille.

-II-

La route chaotique qui traversait cette sombre forêt longea bientôt un haut mur qui laissa place à un élégant portail clos. Daniel dut se manifester à l'interphone, et revenu à la voiture, l'obstacle s'entrouvrit sur une longue allée bordée de marronniers centenaires. Clarisse qui n'avait jamais rien vu de tel en fut très impressionnée, et alors que les arbres tortueux de l'épaisse forêt l'avaient plutôt inquiétée, à présent, elle s'émerveillait du parc soigné qu'elle traversait, de l'élégance de l'allée couverte d'un beau sable doré, et cela dans la lumière chaleureuse d'une fin de journée :

— Et tout ça appartient à ton ami ? demanda-t-elle, subjuguée.

— Oui. Il a mieux tourné que moi, hein ?

Clarisse acquiesça, et plus encore lorsqu'apparut la demeure au cœur de ce domaine bucolique, un grand manoir aux airs néo-gothiques, mais cela, Daniel comme Clarisse auraient été bien en mal de le dire, car en matière d'architecture, ils n'y connaissaient rien. Tout au plus auraient-ils pu dire que ce château avait des airs du palais de la Belle aux-bois dormants, mais plus sobrement, ils approuvèrent de concert que cette bicoque avait de l'allure :

— Regarde, lança Clarisse, il y a une femme nue avec un arc et un homme à poil. L'artiste l'a plutôt bien muni, mais c'est triste pour lui. Face à cette beauté, il ne pourra jamais bander !

— Ce sont des sculptures de dieux de l'Antiquité je crois. Allons, voilà Hubert qui s'amène. Faisons bonne figure ! Ne lui laisse pas croire que je t'ai trouvé au Coconut.

— Bah, avec mon cul et mes lolos ne t'inquiète pas, il ne va pas trop se concentrer sur ce que je vais dire !

— Eh bien ne prenons pas de risque !

— Alors mon ami ! lança Hubert, un verre à la main, en approchant de la voiture.

— Plutôt bel homme ! fit remarquer Clarisse.

— Il a un bon tailleur surtout ! Laisse-moi faire.

Daniel s'extirpa de la voiture, et frottant son pantalon pour le défroisser un peu, vint donner l'accolade à son ami qui lui ouvrait déjà grands les bras :

— Eh bien, tu es en retard ! Nous nous inquiétions ? Tu as fait bonne route ?

— Oui, mais c'est chaotique et perdu !

— Ah, les manoirs sont rarement en ville ! Il te plaît ? Dans ce trou je l'ai acquis pour une bouchée de pain !

— Il présente bien !

— 1860, construit pour un député ou quelque chose de ce genre ! Enfin, on parlera de tout ça plus tard. Tu es accompagné d'une charmante personne à ce que je vois ?

Daniel prit la main de Clarisse et la tira vers lui alors qu'elle restait un peu en retrait comme soudainement impressionnée par ce déploiement de luxe bourgeois :

— C'est Clarisse. Ma nouvelle compagne. On se connaît depuis peu, mais c'est la passion.

— Mademoiselle ! C'est un plaisir de vous rencontrer ! Daniel est peut-être fauché, mais il a toujours aussi bon goût pour les femmes. Vous êtes le Phénix des hôtes de ce château !

Clarisse resta interdite après cette dernière phrase qu'elle ne savait comment prendre, mais comme le début de la réplique était

enthousiaste et qu'Hubert lui souriait, elle imagina que c'était un compliment et tout émoustillée lui rendit son sourire en répondant :
— Je le suis aussi… enfin, je prends plaisir aussi à vous rencontrer.
— Allons, venez avec moi, nous serons mieux à l'intérieur pour nous mettre à l'aise. Je vais dire à Balthazar de mettre votre voiture avec les autres. Ah, et Daniel, permets-moi de te dire ça en ami, mais ta braguette !
Daniel se montra confus sur l'instant, puis remonta celle qu'il avait omis de fermer :
— Oh, une envie pressante en chemin !
— Inutile de m'expliquer ! Je dis juste cela par principe, car tu sais bien, les braguettes ne restent jamais bien longtemps fermées en ce jour spécial !
Les deux amis rirent de bon cœur et Clarisse sourit, impatiente de connaître les détails de la soirée très amusante que lui avait promise Daniel. Pour l'instant, elle trouvait les lieux intimidants mais fort agréables, et Hubert délicieux avec ses manières aristocratiques. C'était un bon début.
L'intérieur de la demeure était à l'image de l'extérieur, meublé dans un goût éclectique où

dominaient les pièces troubadours, les meubles anglais en bois exotique, les tapis persans, les porcelaines de Chine, et aux murs, des tableaux de maîtres aux cadres dorés qui se démarquaient sur les palampores et les velours de soie des tentures murales. Pénétrer dans le manoir de Phalles, car ainsi se nommait-il, c'était franchir une porte temporelle, et il n'y avait pas un objet, pas un meuble, pas une parcelle de mur ou de plafond qui n'était admirable par son esthétique, sa préciosité ou son artisanat :

— Cela vous plaît-il ? demanda Hubert en invitant ses hôtes à le suivre du petit vestibule vers le grand salon où se trouvaient déjà réunis les autres invités.

— Pour sûr, c'est tout à fait grandiose ! répondirent presque en chœur Clarisse et Daniel.

— Toutes les restaurations sont de moi ! De mes artisans j'entends. Il y avait des photos et des archives sur les anciens aménagements. J'ai tout fait refaire comme en 1860 et chiné des objets qui puissent donner cet aspect cabinet de curiosité géant qu'avait la demeure à l'origine.

— Les affaires marchent bien à ce que je vois !

— Oui mon ami ! Et vois-tu, je n'ai qu'à gérer judicieusement mes acquis pour qu'il n'en soit pas autrement. C'est le charme de la finance. Mais ce ne sont que des chiffres, des courbes, de l'immatériel. Alors, j'ai besoin de ces objets, de ce parfum de l'ancien, de l'authentique, et bien sûr, tu me connais, de la chair ! C'est ainsi que l'on se sent vivant !

— C'est bien vrai !

Après avoir traversé le petit salon, sorte d'antichambre qui venait immédiatement à la droite du petit vestibule, Hubert fit entrer ses deux invités dans le grand salon où attendait déjà une petite assemblée occupait à deviser autour de cocktails que servait le domestique, Balthazar, ainsi qu'une jeune femme brune en costume de soubrette bien trop sexy pour qu'elle le fût vraiment, et un homme fort musclé, beaucoup trop pour être un véritable valet. Les six autres personnes qui riaient, discutaient, jouaient aux cartes, fumaient dans une bonne humeur embourgeoisée étaient toutes d'un physique plus attendu :

— Voilà notre dernier arrivé ! lança Hubert en entrant dans la salle et en tirant de leurs occupations les hôtes du grand salon.

Daniel fut entouré aussitôt de ces amis, très heureux de le voir, pendant que Clarisse, à l'instar de trois autres invités, attendait d'être présentée :

— Minette... enfin Clarisse, déclara Daniel après les salutations d'usage, je te présente donc mes fameux amis. Tous de la même promo. Le grand sec, c'est Ernest.

— Grand de partout, mais sec, je laisserai chacun vérifier ! répliqua Ernest en saluant la jeune femme.

— Notre intello à lunettes, un cliché n'est-ce pas, c'est Pierre.

— Pour vous servir chère madame !

— Puis Sarah. La seule fille du groupe.

— De la promo étrangère et jamais repartie ! ajouta-t-elle sans préciser plus avant l'origine qui lui valait sa peau un peu mate et ses cheveux sombres légèrement ondulés d'un type tout levantin.

Clarisse se sentait impressionnée devant ces personnes qui semblaient aussi intelligentes que bien élevées, et en même temps, dans la manière qu'elles avaient de la regarder en certains endroits, elle devinait qu'elle aussi faisait une assez forte impression sur ses interlocuteurs. Tous étaient élégants à leur manière, comme Sarah qui n'avait pas loupé le dos nu et la robe fendue, et Clarisse tranchait dans le décor. Pourtant, elle ne lisait aucun reproche dans les regards, aucune moquerie ou raillerie, plutôt une certaine forme de délectation qu'elle avait assez vue dans sa vie pour la percevoir instantanément. Elle faisait de l'effet, elle plaisait, son corps plaisait, et Clarisse se disait qu'elle n'avait pas eu tort d'écouter Daniel pour la tenue vestimentaire. Elle détonnait et c'était la chose à faire visiblement, non pour faire oublier qui elle était, mais au contraire, surprendre pour le mieux en s'affirmant.

Après ces retrouvailles amicales vint le temps de présenter les personnes qui accompagnaient les amis de Daniel. Ce dernier ne connaissait qu'une tête, celle de Praskovia, l'épouse d'Ernest qui portait sur elle les reliefs généreux qui manquaient à son mari. En vérité, Daniel connaissait d'elle un peu plus que sa tête pour avoir parcouru de sa langue et de sa pine plus d'un repli de sa chair, et il n'avait aucun mal à les revoir sous la robe de satin rouge qu'elle portait à ravir :

— Prossia, tu es toujours aussi délicieuse ! lança Daniel, malicieux.

— Un vrai compliment aurait été de dire que je le suis plus encore ! répliqua-t-elle avec un accent slave prononcé.

Les deux inconnus étaient un homme et une femme. Le premier était venu avec Sarah, et à l'image de cette dernière, il était d'une élégance distinguée, mais avec un soupçon de pédantisme en plus. Il se présenta comme Vittorio, un Italien calabrais, plus Calabrais qu'Italien de son propre aveu. La jeune femme était venue avec Pierre et semblait échappée d'un film des années 40, étrennant une robe noire à pois blancs qui flottait élégamment autour de ses longues jambes aussi blanches que pouvait les avoir une vraie rousse, car au ruban bleu dont elle avait orné sa coiffure, répondait le crin fauve de sa chevelure nattée. Daniel y vit tout de suite une couleur naturelle, et cependant, il songeait qu'il ne lui déplairait pas de s'assurer de ce fait par quelques endroits indiscrets. Elle s'appelait Iphigénie :

— Voilà un prénom curieux ! rétorqua Daniel qui ne l'avait jamais entendu.

— Ses parents sont versés dans la littérature, déclara Pierre, c'est un personnage antique au destin funeste. Tout l'inverse de mon Iphigénie depuis que je la connais !

— Oui, Pierre est un amour ! ajouta-t-elle d'une voix candide.

Une fois les salutations faites, Hubert prit à son tour la parole en faisant approcher les deux domestiques qui n'en avaient pas l'air près de lui :

— Malheureusement, il s'est avéré que je n'ai pu amener ma moitié, car en allant par monts et par vaux, je ne l'ai pas trouvée ! À croire que mon argent et mon charme ne sont rien en comparaison de mon exigence. Alors, j'ai choisi d'engager pour la soirée deux « prestataires » qui à n'en pas douter ajouteront du piment à nos réjouissances. Ils prendront part à nos jeux ! Voici Jim, qui n'est pas anglais malgré son nom et comprendra très bien si l'une, ou pourquoi pas l'un d'entre vous, lui demande une levrette ou un missionnaire ! Et voilà Clémentine qui, tel l'agrume, ne manque pas de piquant et a bien d'autres talents que celui de savoir servir les cocktails et de bien porter le costume de soubrette. D'ailleurs, s'ils se sont prêtés à jouer à la bonne et au valet, c'est uniquement parce que je me suis permis de donner congé à mon personnel de maison, à l'exception de Balthazar qui jouera l'arbitre de la soirée. Ainsi, nous serons plus tranquilles. Mais enfin, passons dans la salle à manger. Avant le jeu, il nous faut nous sustenter et bien sûr que je vous explique les règles !

-III-

Hubert avait prévu un repas léger composé d'assortiments de salades et de viandes froides faute à l'absence du cuisinier, mais également car le jeu qu'il avait en tête exigeait une certaine disposition physique qui s'accommodait mal d'un dîner trop chargé et d'une digestion en conséquence. Il fallait être repu, et en même temps, en pleine possession de ses moyens, ce qui éloigna également l'alcool de la table :
— Si tout se passe pour le mieux, à la fin je vous ferai servir mon meilleur champagne, lança Hubert, mais en attendant, pour fêter nos retrouvailles annuelles, je propose que nous trinquions avec ce délicieux jus d'orange pressé. Rien de tel pour être en pleine forme, et croyez-moi, vous en aurez besoin !
Tous ne furent pas convaincus par le fait de trinquer avec du jus plutôt qu'un champagne millésimé, mais ils voulurent

bien croire leur hôte et les verres s'entrechoquèrent :

— À l'amitié ! s'exclama Hubert.

— À l'amitié ! répétèrent les convives.

— Oui, reprit Hubert, à l'amitié, celle qui résiste à l'usure du temps, qui dépasse les jalousies et les rancœurs et qui fait que nous sommes tous ici réunis. Et à l'amour aussi qui a conduit aujourd'hui à cette table trois nouveaux. Trois nouveaux que j'imagine instruits de la teneur de nos retrouvailles annuelles et qui ont accepté de venir, pour leur moitié bien sûr, mais surtout parce qu'ils le désiraient.

— Évidemment ! C'est une partie fine ! Quand est-ce que l'on commence ? répliqua Vittorio, le sourire aux lèvres.

— Ce n'est pas exactement cela, répondit Hubert. Chaque année depuis maintenant trois ans nous avons pris l'habitude de nous réunir autour d'un jeu libertin. Un jeu pour adultes consentants.

— J'espère que cette année tu as prévu mieux que les petits chevaux coquins que Daniel nous a concoctés l'an dernier ! intervint Sarah sur un ton plaisantin.

— Il m'avait pourtant semblé que ton petit cul ne l'avait pas regretté ! rétorqua Pierre.
— Eh bien j'espère que cette année il y aura un peu plus que mon petit cul qui ne le regrettera pas !
— Allons mes amis, Daniel avait fait ce qu'il avait pu dans son appartement, et ne nous plaignons pas, c'était très bien malgré tout. La preuve, j'en suis sorti vainqueur avec l'honneur d'organiser à mon tour, cette année, le jeu de notre soirée. Celui-ci ne sera donc pas les petits chevaux coquins, et j'ai pensé qu'il aurait été bien bête de ne pas profiter cette fois de l'espace qui nous est offert. Ce manoir compte cinquante pièces. Il y a de quoi se tourner si je puis dire, et donc de faire de cette propriété un plateau de jeu géant.
— Voilà qui est intrigant ! déclara Pierre.
— Un cluedo coquin ?! lança Ernest.
— Non, j'ai plutôt pensé à une sorte de jeu des gendarmes et des voleurs. Je dis bien une sorte, car il m'a évidemment fallu réfléchir pour que celui-ci soit le plus en mesure de passer d'une cour d'école à notre soirée libertine.

— Oh oui, toutes ces dames seraient un délice en policières ! fit remarquer Vittorio.

— Et toi un excellent voleur à qui je passerais volontiers les menottes ! répliqua Sarah.

— Comme si tu ne me les avais jamais passées !

— Et donc, faudra-t-il soudoyer les policiers en leur offrant notre corps ? demanda Praskovia.

— Non, j'ai beaucoup réfléchi et suis arrivé à la conclusion suivante : faire des équipes serait hasardeux. Chacun d'entre nous va donc jouer en indépendant. Nous allons tirer l'un après l'autre un petit carton dans une urne qui nous indiquera une pièce du manoir où il conviendra de nous rendre. Jim va vous distribuer un plan de chacun des étages pour que vous puissiez vous repérer. En vert figure le grand salon voisin. Après cela, le but du jeu est très simple. Nous aurons tous, épinglé dans le dos de notre costume, un ruban rouge comme celui-ci. C'est un ruban de soie. Il conviendra à chacun d'entre nous de l'attraper sur les autres concurrents.

— J'espère que ça ne s'arrête pas là ! s'exclama Vittorio.

— Non, bien sûr. La personne qui aura perdu son ruban devra une faveur sexuelle à celui qui le lui a pris. Après cela, la personne ainsi dépouillée de son attribut sera conduite par celle qui le lui a pris jusqu'au salon où Balthazar se tiendra pour tenir les comptes de chacun. Le vainqueur sera celui qui aura saisi le plus de ruban et obtenu des autres le plus de faveurs sexuelles. Évidemment, il ne sera pas permis de dépouiller de son ruban quelqu'un faisant l'amour avec un autre ni d'assaillir celui qui ramènerait son captif au grand salon. Pour qu'il n'y ait aucune ambiguïté, le captif y sera conduit nu et menotté. À cet effet, chacun recevra une paire de menottes à utiliser suivant son plaisir. J'espère qu'il n'y aura aucune triche ni aucun hiatus, mais dans tous les cas, celui-ci sera tranché par Balthazar, notre arbitre de la soirée.

L'assemblée approuva unanimement le concept :

— Bien sûr, reprit Hubert, si l'un d'entre vous ne se sent pas prêt à jouer le jeu jusqu'au bout, il peut se retirer à présent. Ceci n'est pas une réunion secrète de quelques confréries sataniques. Il ne sera pas éliminé ! Du moins, pas physiquement !

Aucune voix ne s'éleva :

— Dans ce cas, continua Hubert, j'ajouterai juste que j'ai choisi un thème pour rendre le jeu plus ludique. Je l'ai tiré au hasard parmi cinq autres voici deux semaines en prévision de cette soirée. il s'agit donc des contes et légendes. J'ai pris mes dispositions pour obtenir des costumes adéquats pour chacun, peut-être trop grands ou peut-être trop seyants, mais après tout, ce n'est pas le plus important. Vous choisirez en fonction de ce qui vous ira.

— Tout ça est très bien Hubert, mais c'est ta maison, tu en connais les recoins, et nous non ! fit remarquer Pierre.

— Nul besoin de la connaître, car nul besoin de se cacher. Cachez-vous et vous perdrez, et en plus, sans prendre votre pied ! Par ailleurs messieurs, si certains d'entre vous ont de grandes ambitions et craignent de se sentir faiblards, je me suis permis d'adjoindre ce qui convient dans la poche de vos costumes et leur usage est à votre discrétion. Des questions ?

— Et nous ? lança Praskovia. Qu'avons-nous en cadeaux ?

— Mesdames, évidemment je ne vous ai pas oubliées. Chacune trouvera un accessoire amusant avec son costume qui ajoutera, j'espère, à vos plaisirs ! D'autres questions ?
Un silence collectif fut la seule réponse :
— Parfait. Dans ce cas, Balthazar, l'urne.
Balthazar apporta le récipient dans lequel avaient été glissés les cartons portant les noms des pièces de la vaste demeure.
— Honneur aux dames ! lança Hubert.
Tour à tour ces dernières vinrent piocher leur carton :
— Très bien. À vous messieurs !
Chacun prit son carton et Hubert fut le dernier à le choisir, avant de dire :
— Voilà donc nos points de départ respectifs. À présent, regardez bien sur votre plan où votre pièce se trouve, puis passez dans l'office que j'ai pour l'occasion aménagé en vestiaire de fortune, où vous pourrez revêtir vos costumes. Ces dames d'abord et ces messieurs ensuite.
Le défilé au vestiaire ne fut pas très long, car s'il y eut bien des tergiversations sur le choix

des costumes et quelques incompatibilités de taille manifestes, il s'agissait de défroques de fantaisie qui étaient aussi vite enfilées que retirées. Pas de pantalon ni de robe longue pour les dames, mais des jupettes qu'il suffisait de lever pour accéder au plaisir et dont les bretelles d'épaules ne demandaient qu'à glisser pour dévoiler un sein ou deux. Le thème pourtant était bien respecté. Sarah arborait le décolleté et le diadème de la Belle aux bois dormants, Clarisse allait aux couleurs bleu et jaune de Blanche-Neige, Clémentine dans une tenue orientale au ventre nu que n'aurait pas reniée Shéhérazade, Iphigénie arborait la cuirasse et le cuir d'Hippolyte, la reine légendaire des amazones, et Praskovia une curieuse tenue qui rappelait vaguement, par ses couleurs, ses broderies et son kokoshnik de pacotille, un costume folklorique slave :
— Qui suis-je ? demanda-t-elle, interloquée.
— Ah, je savais que tu le choisirais !
— Il ne restait que celui-là.
— Tu es Baba-Yaga !
— Mais c'est une sorcière et elle n'est pas habillée ainsi !

— Inutile de chipoter, je n'ai trouvé que cela qui puisse rappeler la Russie.

— Shéhérazade est plus vraie ! rétorqua Praskovia.

— Et je suis étonné de voir que ce n'est pas Sarah qui l'a pris. Je l'avais choisi en pensant à elle et à ses formes de bayadère de harem. Mais faisons fi des conventions ! De toute façon tu ne vas pas garder ton costume bien longtemps, vas ! Même en Baba-Yaga tu es formidable.

— Et j'ai hérité du fouet !

— Normal, le fouet de la sorcière !

— C'est un balai plutôt !

— Cesse de geindre. Qu'aurais-tu fait d'un balai ?

— Et moi j'ai un godemichet à harnais ! lança Iphigénie.

— Tu es une amazone. Mets-le autour de ta croupe et chasse les hommes.

— Et moi j'ai un bâillon-boule en forme de pomme ! s'exclama Clarisse en exhibant l'objet qui l'amusait fort.

— Cela ne vaut pas mon collier et la laisse qui va avec ! lança Sarah.

— Je trouvais amusant d'offrir à la Belle aux bois dormants l'opportunité de ne pas être soumise !

— Oh, mais cela n'est pas désagréable de l'être parfois !

— Justement mesdames, reprit Hubert, si vous pouvez user à votre guise de vos jouets avec vos captifs, eux pourront faire de même avec vous s'ils vous capturent !

— Oh, voilà qui est excitant ! Mais je n'ai qu'un foulard moi, que dois-je en conclure ? demanda Clémentine qui fit mine de danser en tourbillonnant, enroulant autour de ses épaules son voile de satin et révélant en soulevant sa mini-jupe dans son élan, un pubis duveteux et des fesses rondes qui suscitèrent immédiatement un intérêt collectif.

— Oh, reprit Hubert après avoir été lui-même distrait par l'intimité de Clémentine qui fit mine de ne pas le remarquer, on peut faire beaucoup de choses en amour avec un foulard. Une cage de chasteté aurait été tout aussi indiquée pour une princesse orientale, mais transformer les hommes en eunuques n'aurait pas aidé au plaisir.

— C'est bien pensé. Puis cela m'aurait contrainte à jouer seulement avec ces messieurs.

Ces derniers, justement, s'en allèrent revêtir à leur tour leurs costumes. Deux costumes de princes du Moyen-Âge pour Daniel et Ernest, aux manches bouffantes, aux chapeaux emplumés, au pourpoint seyant, mais qui l'était toujours moins que les chausses que couvrait à peine une jupette brodée :

— Voilà un caleçon qui te va bien ! confia Praskovia à son époux, en s'approchant de lui pour glisser sa main sous sa jupe d'homme et tenir entre ses mains le paquet généreux qui proéminait.

— On savait mettre en valeur le nécessaire au Moyen-Âge ! répliqua Ernest en sentant venir un début d'érection.

Hubert revêtit le costume du prince oriental enturbanné, et son apparition dans des babouches à pointes retournées ne manqua pas de susciter l'hilarité. Cependant, Hubert acceptait volontiers ce ridicule, car il savait qu'avec ces chaussures, il glisserait plus silencieusement que les autres sur les tapis et les parquets.

Jim n'eut pas à mettre longtemps pour se changer, troquant son short pour une fausse peau du lion de Némée qui lui ceignait la taille et passait par-dessus son épaule droite glissant dans son dos telle une écharpe sur laquelle était épinglé le fameux ruban rouge. Jim était un Héraclès et il en avait la carrure, une carrure que n'admirait pas seulement les dames, et qui pour faire des envieux parmi les messieurs, suscitait aussi quelques envies.

Pierre hérita du costume de boyard russe, tout aussi brodé et coloré que celui de sa Baba-Yaga. Il n'était pas très satisfait de revêtir la tenue la plus voyante, mais ce ne fut rien par rapport au coup de sang de Vittorio qui s'échappa des vestiaires avec un costume rouge à jupe courte :

— Qu'est-ce que ça ? lança-t-il en colère.

Le chaperon qui lui couvrait la tête ne laissait aucune ambiguïté :

— Ah oui, marmonna Hubert, quelque peu gêné. J'ai cru que le costume du chaperon rouge était masculin. Ne dit-on pas un chaperon ? Puis je me suis rendu compte qu'il n'en était rien et qu'il arborait une jupette et un corsage adapté à une poitrine de femme. Bien sûr de ce point de vue ce n'est pas une

réussite, mais il faut voir le bon côté, ce costume te sied à merveille. N'est-ce pas ?
Tout le monde approuva, même Sarah qui ne put s'empêcher de glousser en voyant son compagnon ainsi affublé :
— Mais je suis un homme moi, un Calabrais, je ne m'habille pas en femme !
— Il ne reste que ça, puis si tu fais fi du corsage, tu ressembles à un Romain de l'Antiquité, ou je ne sais pas, à un Gaulois peut-être. Ce n'est qu'un morceau de tissu.
— J'ai les *coglioni* à l'air sous cette jupe !
— Plains-toi, répliqua Hubert, tu n'en auras qu'un accès plus rapide !
— Mais je suis Calabrais !
— Eh bien tu n'auras qu'à le prouver par ta virilité mon chéri ! lança Sarah. Montrer que sous ce costume se cache un vrai mâle ! Moi je le sais, à eux de le découvrir !
— Oh, ma douceur, rien que ta voix me fait bander ! Soit, mais que cela reste entre les murs de cette maison. Je suis Calabrais et personne d'autre ne doit savoir pour ce costume ridicule. Et je n'accepte que pour ma douceur. Un Calabrais s'habille en homme, qu'on se le dise !

— Et ceux qui doutent que tu le sois parce que tu es habillé en chaperon seront vite convaincus du contraire ! dit Sarah en allant embrasser son homme dont elle sentit, tout contre ses cuisses, le sexe long et pendant, assurée que même sous une jupe, il ferait des miracles.

-IV-

Chacun disposait donc de son plan du manoir, d'un carton mentionnant une pièce à rejoindre, d'un costume, d'une paire de menottes, d'accessoires pour les dames et pour les messieurs, de leurs « stimulant » que Jim débusqua dans une poche savamment dissimulée dans une doublure de sa fausse peau de lion. Il n'imaginait pas en avoir besoin, mais un homme comme lui se donnait toujours sans compter et il se voyait fier vainqueur après avoir capturé la moitié des participants et profitait de leurs plus excitantes faveurs sexuelles. Aussi, il préférait être rassuré.

Il n'avait cependant pas tiré le gros lot pour commencer le jeu, car il se retrouvait au sous-sol, dans le cellier, encore que ce ne fut pas le grand cellier, mais le petit, plus exactement celui de la cave à vin. Un coin sombre, à l'écart, où se trouvaient de nombreuses pièces de stockage dont l'aménagement restait à faire. Puis Jim n'était pas frileux, mais à demi nu, l'atmosphère lui paraissait fraîche, et il se disait qu'il n'avait aucune envie de baiser dans un tel endroit qui ne lui permettrait pas une érection digne du héros qu'il incarnait. La consigne était d'attendre cinq minutes avant de commencer le jeu. Jim songea que trois minutes suffiraient, et il s'aventura dans le grand cellier, réserve de victuailles en tout genre. Une fois les cinq minutes écoulées, il continua plus avant et se trouva face à l'escalier de service qui lui permettrait de remonter au rez-de-chaussée. Il monta trois marches puis réfléchit. Il ne devait pas être seul dans ce sous-sol et les lieux méritaient une rapide exploration. Il glissa discrètement un œil dans le corridor qui distribuait les pièces du sous-sol. Tout était sombre. Quelques veilleuses aux murs distillaient une lumière vacillante et le bruit de la chaufferie voisine ronronnait sans discontinuer. Jim délaissa les salles de stockage et constatant qu'il n'y avait personne dans le couloir, il glissa à pas feutrés jusqu'à l'entrée de la chaufferie qui marquait un renfoncement. Il eut à peine le temps de s'y cacher qu'il entendit un bruit métallique distinct venu d'une pièce avoisinante. Jim regarda son plan : il se trouvait à côté de l'arrière-cuisine qui faisait face à un débarras. Il patienta une ou deux minutes dans l'espoir de voir s'échapper quelqu'un de l'une ou l'autre pièce, mais il n'en fut rien. Toujours avec la discrétion d'une danseuse, il longea le mur jusqu'à l'entrée de l'arrière-cuisine qui, au contraire du débarras, n'était pas porte close. Il regarda à l'intérieur, s'avança dans l'endroit sombre, chercha l'interrupteur sur le mur et à la lumière froide du néon révéla un broc métallique qui avait chu sur les tomettes du sol. Jim pensa qu'il tenait une piste. Il entreprit d'ouvrir un placard qui aurait pu abriter un individu caché, puis une porte qui menait à un petit cagibi. L'obscurité la plus totale régnait, alors il tâta à nouveau le mur pour trouver de quoi éclairer la pièce, mais il sentit une petite pression dans son dos, et alors qu'il se retournait, interdit, Vittorio agitait déjà le ruban rouge de l'hercule qu'il venait de lui ravir. Jim fit une moue de déception et se sentait ridicule d'avoir été ainsi alpagué par le premier venu. Il se serait senti moins humilié de l'être par un prince, même un boyard russe, mais par le chaperon dont il n'avait pas été le dernier à se moquer, c'était le plus terrible revers qu'il pouvait recevoir. Malgré tout, c'était le jeu, et Jim ne broncha pas, se contentant de demander au chaperon d'où il avait pu surgir :

— Mais du réfrigérateur ! Ah, c'était froid, mais je me doutais que la chute du pot attirerait quelqu'un, qu'il regarderait dans ce cagibi en premier et qu'il me suffirait de surgir derrière lui en espérant que ce soit au bon moment. Et ce le fut au plus opportun !

— J'ai été naïf.

— Je suis Calabrais. Les Calabrais sont rusés. Allons, trêve de bavardages où je ne pourrai me remettre en chasse. Ma faveur, puisque tu es mon captif, sera de t'enculer. Il paraît que tu comprends levrette et missionnaire, et avec cette table je pourrai bien te prendre des deux manières, mais faisons cela debout, en hommes. Enlève donc cette peau et dévoile-moi tes attributs, dieu grec !

— Hercule n'est qu'un demi-dieu.

— Eh bien je m'en satisferai.

Jim retira sa peau de lion, dévoilant, outre sa musculature d'athlète, une pine qui, même au repos, encadrée par des cuisses fermes comme le marbre, respirait la puissance et la virilité parfaite d'un héros grec. Un Michel-Ange n'aurait pas trouvé meilleur modèle pour ses nus masculins et Jim aurait été parfait aux plafonds de la Sixtine, mais à cette heure, il allait être enculé contre un mur, dans un sous-sol, par un Calabrais déguisé en chaperon rouge. Un sort encore enviable pourtant, car si Vittorio ne l'avait pas aussi épaisse que lui, il l'avait plus longue :

— À sec, t'en satisferas-tu ? demanda Vittorio qui n'avait pas de lubrifiant. Sinon, il y a de l'eau et du savon près de l'évier si tu es délicat. En cherchant bien je devrais même pouvoir me la huiler à l'huile d'olive comme tout Italien digne de ce nom.

— Fais au mieux, j'ai aucune préférence.

— Quand même, il va falloir que tu passes un long moment assis dans le salon après ! Mais pour être honnête, je vais me la savonner un peu, car je n'aime pas quand c'est rêche.

Vittorio, quand il eut bien bandé, mouilla le savon, et se badigeonnant la pine, il put revenir très fier devant le cul de Jim qu'il avait vraiment aussi ferme que le reste du corps :

— Allez, penche-toi un peu, tiens-toi au mur et mets-moi ce cul en évidence. On a déjà assez traîné.

Jim s'exécuta, et posant ses paumes à plat contre le mur, il se pencha, écarta légèrement les jambes pour gagner en stabilité tandis que Vittorio lui donnerait joyeusement du pilon. Ce dernier releva sa jupette, et écartant un peu de la main les musculeuses gardiennes de l'anus, il le trouva assez étroit pour qu'il n'eût pas à regretter de s'être lubrifié. Il glissa l'épée dans le fourreau, sans coup férir, et Vittorio n'eut pas à voir la légère grimace qui passa un instant sur le visage de Jim. Il ne l'avait pas très épaisse, mais il l'avait longue le chaperon, et il la sentit entre ses reins, sur ses muqueuses innervées. Plus d'une fois, elle alla tâter de cette petite excroissance prostatique qui remuait l'hercule dans ses tripes, lui donnait une fausse envie d'uriner, envie qu'il ne pouvait combler de toute façon, puisque Vittorio n'était pas décidé à laisser ballante sa pine héroïque. Elle pendait là, entre les jambes du colosse, désœuvrée autant que ses couilles mollement suspendues dans leurs bourses chargées. Vittorio ne pouvait laisser un si bel outil de côté et décida donc de s'en saisir, imprimant à ce membre taurin une lente masturbation qui ne tarda pas à lui donner un volume remarquable. Vittorio la sentit s'épaissir, durcir et grandir sous ses doigts lestes, et sous l'action de ces plaisirs cumulés, même Jim laissa échapper un râle de jouissance. La tête penchée sur sa pine, il la voyait, celle qu'il avait promise aux reins de quelques femmes, de certains hommes, mais qui ne verrait aucun antre chaleureux ce soir. Ce n'était pas si grave, car sous les assauts sodomitiques du chaperon dont les cuisses claquaient à chaque coup de croupe contre celles de l'hercule, ce dernier sentait déjà suinter de sa pine de ce liquide séminal que produit seule la stimulation de la prostate. Puis, sous l'effet des caresses redoublées de Vittorio qui sentait sous ses doigts le liquide gluant, le temps ne tarderait pas où il jouirait d'un orgasme spermatique. Il sentait ce plaisir irrésistible affluer, mais Vittorio ne voulait pas qu'il jouît avant lui, lui qui tenait à rester le maître devant son captif ; maître qui éprouvait la même sensation de plaisir grandir dans sa croupe, irradier dans ses membres jusqu'à ce que retenant sa respiration, des secousses l'agitassent, faisant trembler sa jupette. Il y eut cinq belles décharges et Jim sentit le sperme s'échapper en lui, alors que les cuisses tremblotantes du chaperon étaient accolées aux siennes, accolées contre ses fesses. Le Calabrais était bien enfoncé dans son cul et il ne pouvait s'enfoncer davantage, à moins d'empaler son captif jusqu'aux intestins, ce qui était bien inutile pour se satisfaire. Vittorio, affalé sur le dos de Jim, cessa sur l'instant de le masturber, mais parce qu'un Calabrais ne s'abandonne jamais longtemps à la fatigue éjaculatoire, sa main ne tarda pas à retrouver le chemin du sexe lourd et épais de l'hercule qui, tout excité par la jouissance du chaperon, se déchargea après trois caresses. Jim ne bougea pas d'un pouce, mais sous lui, sous ses yeux, le sperme blanchâtre partait en longs jets répétitifs, s'écoulait sur le sol, et sans cesser de l'astiquer, Vittorio passa finalement sa main sur le gland suintant de Jim pour mieux l'essuyer sur son ventre aussi dur que de la pierre mais chaud de l'effort et de l'excitation. Vittorio se retira complètement, pendant que le sexe de Jim s'amollissait lui aussi :

— Allez, maintenant donne-moi tes mains l'hercule, que je te menotte et te conduise à ta prison !

Jim s'exécuta, et dans sa nudité olympienne, il fut ramené par Vittorio jusqu'au grand salon où Balthazar tuait déjà le temps avec Praskovia. Elle était assise sur un canapé, à boire un thé chaud, riante et souriante malgré les larges bandes rouges qu'elle arborait dans le dos, bien visibles sur sa peau laiteuse de femme slave. Vittorio ne manqua pas d'y voir le résultat d'une flagellation érotique. Balthazar débarrassa Jim de ses fers et l'invita à prendre également un thé en attendant que le jeu se terminât. Vittorio ne s'attarda pas, disparaissant du salon en quête de sa prochaine victime, pendant que le colosse, acceptant la proposition du majordome qui s'en alla préparer le thé chaud, s'installait à côté de Praskovia, cuisse contre cuisse.

-V-

— Je craignais d'être le premier ! lança Jim après quelques échanges de regards dans un silence gêné.
— Premier ou deuxième, nous voilà dans la même nasse ! répliqua Praskovia. Comment est-ce arrivé ?
— Une attaque par-derrière. Je ne l'ai pas vu venir.
— Et c'est par-derrière aussi qu'il te l'a mise, j'imagine ?
— Oui.
— Quel dommage qu'un homme comme toi soit déjà hors-jeu. Tu es vraiment musclé de partout !
Praskovia glissa sa main sur le sexe pendant de Jim qui malgré son plaisir tout frais éprouva de l'excitation à sentir les doigts manucurés de la jeune femme glisser sur son pilon :
— Et tu l'as sentie ? ajouta-t-elle.
— Plutôt oui.

— Je m'en doutais. Sarah a fait une belle affaire avec ce Calabrais.

— Et toi ? Comment t'es-tu retrouvée ici ? demanda à son tour Jim.

— Comment, comment, en me faisant baiser tient donc ! Et par le même que l'année dernière !

— Je suis curieux.

— Petit vicieux ! répliqua Praskovia en esquissant un sourire malin. Allons, pourquoi pas, il faut bien tuer le temps de toute façon. On est encore là pour un moment, autant le rendre amusant ! Mais après tu me racontes les détails de ton enculade ! Tu ne sais pas à quel point entre deux hommes ça peut faire fantasmer une femme. Je suis certaine d'avoir un orgasme rien qu'à t'entendre.

— Soit, je le promets.

— Alors voilà comment c'est arrivé. J'entrais tranquillement dans la salle de billard, méfiante, car c'est bien le genre de pièce à accueillir un intrus. Je marchais à pas de souris, regardant autour de moi les beaux meubles en acajou, derrière les rideaux et même sous le billard pour ne pas me laisser surprendre. Mais il n'y avait personne. Je m'apprêtais à continuer mon chemin, lorsqu'au moment où j'allais saisir la poignée de la porte, celle-ci tourna sur elle-même. Quelqu'un s'apprêtait à entrer quand je me préparais à sortir. Je n'ai pas réfléchi. J'aurais dû me cacher, mais ma tête s'est embrouillée et tout ce que j'ai trouvé à faire c'est de lever mon fouet prêt à l'abattre sur l'intrus. Ah ça, je l'ai fouetté, j'ai même abattu mon outil sur sa tête au moment où il jetait un œil à l'intérieur de la pièce. Mais je n'ai pas eu le temps de m'y reprendre à deux fois. Aussitôt une main s'est agrippée à mon poignet, un corps s'est collé à moi, tandis qu'une seconde main se glissait dans mon dos pour saisir mon ruban. Tout cela si vite que j'ai manqué de basculer en arrière. Le souffle chaud qui balayait mon visage et le sourire ravi qui rayonnait devant mes yeux étaient ceux de Daniel. J'aurais pu le reconnaître rien qu'à son paquet que je sentais appuyé sur mon ventre, tout prêt à gonfler sous son collant :

— Te voilà prise ! qu'il me lança.

Je lui ai répondu que je ne l'étais pas encore :

— Mais tu es à ma merci ! continua-t-il.

Je ne pouvais qu'acquiescer. J'étais évidemment furieuse sur le moment, car j'avais envie d'un autre. Avec Daniel on a tout fait, tout vécu, je connais chaque parcelle de son corps comme lui le mien. Il pourrait donner des noms à mes petits bourrelés ! Bien sûr, je n'avais pas à protester ou à tergiverser, mais je voulais quand même tenter ma chance d'expérimenter quelque chose de différent cette fois :

— Prends-moi comme tu veux, lui dis-je, mais s'il te plaît, fouette-moi !

J'étais prête à lui donner mon fouet pour pimenter la chose. J'aurais pu le supplier pour ça. Mais il a accepté sans se faire prier comme si ça lui plaisait de me rougir le dos ou les fesses. Il m'a même dit qu'il entendait bien profiter de mon instrument maintenant que je le lui avais fait goûter ! Que ce serait ma juste punition. Le knout russe qu'il osa me dire en regardant mes épaules déjà dénudées sous ses mains lestes :

— En levrette, sur le billard, voilà qui est tout indiqué ! dit-il en m'invitant à m'allonger sur ce beau meuble que j'inspectais quelques secondes plus tôt en me disant justement qu'il serait parfait pour une baise de ce genre. Nos esprits se rencontraient ! Je me suis exécutée, écartant les cuisses que Daniel trouva bon de m'échauffer en les fouettant. Bien sûr, cela le faisait fantasmer d'imprimer sa marque sur ma peau de lait ! J'ai l'habitude ! C'était plus chatouilleux que douloureux, juste pour le symbole, mais quand même, après quelques reprises, mon cul s'est échauffé ! Il devait être d'un beau rouge soviétique ! Quand il m'a jugée bien punie, il a glissé sa main pour me masturber un peu, tâter la douceur de mes lèvres, introduire son majeur en moi juste pour le plaisir de me sentir mouiller sans retenue. Nous en étions là, quand sur cet entrefaite, la porte s'est ouverte à nouveau, laissant apparaître mon mari ! C'était Ernest ! Au début, il a voulu bondir sur Daniel pour lui prendre son ruban, avant de constater que j'avais le cul à l'air sur le billard et de lancer un « Praskovia ! » à demi-surpris, à demi indigné.

— Même dans un jeu ça ne doit pas être facile de voir sa femme ainsi ! rétorqua Jim, compréhensif.

— Tu crois ?! Ce n'est pas ça qui l'indignait, mais que je me sois à nouveau fait avoir par le même : Daniel ! Ça l'a fait rire et Daniel riait avec lui. « T'as le cul rouge et tu l'as bien

mérité ! » a même lancé mon cher époux en s'installant dans un fauteuil, décontracté :
— T'as l'intention de regarder ? a demandé Daniel.
— Autant profiter du spectacle maintenant que je suis là ! a répliqué Ernest.
Bien sûr, on pratique déjà le candaulisme chez nous, mais entre amis c'est plus amusant qu'avec des inconnus. Enfin, Ernest était donc assis et Daniel m'a fourré en levrette sur la table de billard comme promis. Non seulement il m'a fourré, mais comme il avait les mains libres, il en a utilisé une pour me fesser et l'autre pour me fouetter le dos. Ah, s'il n'avait pas eu à s'économiser, Ernest se serait à coup sûr pignolé dans son fauteuil en voyant ça. Il m'encourageait, m'invitait à geindre, et comme je n'avais pas à lui obéir, Daniel me donnait les ordres à sa place pour le satisfaire. Solidarité masculine ! Alors j'ai geint, j'ai gémi, pourtant ce n'est pas ainsi que fait une Russe. Ernest le sait. Il faut que je lui répète « Da, da, da » pendant qu'il me baise pour l'exciter, sinon il flageole et me dit que c'est de ma faute, que je suis trop froide. Mais une Russe ne crie pas pendant l'amour ! Alors

je me force. Je fais la Française ! À chaque fois que Daniel s'enfonçait en moi, je gémissais, qu'il me fouettait, je gémissais, et pareil sous ses fessées. Je ne dirai pas que ça ne méritait pas un petit soupir de contentement, car j'éprouvais du plaisir à sentir sur mes omoplates les lanières du fouet, sur mes fesses cette main dominante du prince réclamant son droit de cuissage, et entre mes reins l'instrument de son pouvoir, mais enfin, j'ai joué la comédie surtout ! J'avais les seins écrasés contre la table et je déteste ça ! Heureusement, Daniel n'a pas voulu finir en levrette, alors quand il a senti qu'il arrivait au bout, il m'a demandé de la lui sucer. Je me suis accroupie et je l'ai prise dans la bouche, et là, tout en astiquant le fourreau et en caressant ses couilles je lui ai pourléché le gland. Oh, ça n'a pas duré ! Quelques secondes plus tard, j'en avais plein la bouche ! Ça me débordait des lèvres, ça me coulait sur le menton, entre les seins ! Il ne m'avait pas prévenu, alors l'effet de surprise... Les hommes croient qu'on peut deviner ce moment, mais il n'y a pas de levée de drapeau pour ça ! Enfin, Daniel s'est montré galant. Il m'a prêté son mouchoir pour m'essuyer. « Lentement » qu'il m'a précisé. Évidemment, ça le faisait fantasmer que je m'essuie les lèvres, le cou et les nichons, que je me nettoie de son sperme dont il m'avait barbouillée. Puis, il m'a demandé comment ça avait été, si ça avait été mieux que la dernière fois. J'avais envie de lui dire que ça avait été pire, mais il me regardait comme un toutou attendant sa sucrerie ! Il m'avait baisée, fouettée, fessée et couverte de foutre et voulait savoir si ça m'avait plu. Je ne suis pas tombé de la dernière pluie, je savais que c'était pour se flatter, mais quand même, lorsqu'on est une femme, on ne peut pas résister à cette petite attention. Mais j'ai coupé la poire en deux ! Je lui ai dit que c'était pas mal.

— Et comment a-t-il réagi ? demanda Jim.
— Il m'a retournée et passée les menottes sans ménagement ! Ernest jubilait de ma réponse, Daniel moins ! Pourtant, c'était vrai ! C'était bien, mais commun ! À part mon dos rougi, je ne vais pas en garder des souvenirs immémorables ! C'était une baise du quotidien avec Ernest. Avec le chic de la table de billard, mais sans chichi particulier ! Heureusement

qu'il y avait le fouet pour échapper à la baise bourgeoise !

— Oui, tu as le dos bien martyrisé.

— En surface seulement ! De toute façon, les femmes russes ne sont pas que de lait ! C'est du bois sous l'épiderme, et encore en dessous, elle ne donne leur miel qu'à ceux qu'elles estiment assez pour ça ! Et attention, ça n'a rien à voir avec le cul.

Tandis que Praskovia terminait sa phrase, Balthazar revenait avec le thé de Jim. Il se pencha pour le déposer sur la table basse devant lui, et un sourire imperceptible passa sur son visage, trop rapidement pour être remarqué. L'histoire de Praskovia avait eu un effet stimulant sur l'hercule qui ne ressentait plus une simple sensation dans la pine, mais bandait bel et bien comme un priape.

-VI-

Après avoir assisté à la levrette de son épouse, Ernest était reparti de son côté, à l'opposé de celui de Daniel. Voir Praskovia se faire prendre ainsi, sous ses yeux, voir sa froide perle du nord s'échauffer sous le cuir lui avait donné une trique inconvenante tant qu'il n'en résultait pas un plaisir assouvi. Il lui devenait même pénible de marcher avec le braquemart dressé, et il peinait à se concentrer, songeant encore aux fesses généreuses de sa femme, à son ventre un peu rond, à ses deux seins et à toute cette chair qu'il palpait si souvent frétillant sous les coups de reins de son ami. Il avait presque fini par croire que Praskovia gémissait vraiment de plaisir lorsqu'il la pénétrait, car jamais, même en feignant l'orgasme, elle ne l'avait si bien joué avec lui.
De la salle de billard, il passa au grand vestibule, et de là, décida de grimper les escaliers pour arriver à l'étage où un couloir central distribuait une multitude de portes comme dans un hôtel. Ernest regarda son

plan, constatant qu'il y avait là des chambres, là des antichambres, des boudoirs, des salles de bain, une chapelle dans une petite tour ronde et un bureau japonais. Certaines de ces pièces communiquaient entre elles. Ernest s'engagea à gauche pour entrer presque aussitôt dans une salle de toilettes où le marbre blanc répondait aux robinetteries dorées. Il jeta par curiosité un œil dans le miroir qui occupait un large pan de mur au-dessus des vasques du lavabo, et se trouva plutôt élégant en prince de contes de fées. Comme la salle de toilettes communiquait avec une chambre, il décida de la visiter pour s'assurer qu'elle était bien vide, mais il scruta d'abord à l'intérieur par le trou de la serrure. Le fait de tomber nez à nez avec son épouse et son ami en pleine action l'avait un peu refroidi sur les entrées hasardeuses. Cependant, sa technique ne l'aida guère, car par le trou de la serrure, il ne vit que l'obscurité de la pièce. Il en détermina qu'elle était probablement inoccupée et rentra avant d'allumer la lumière et de sursauter. Il y avait un lit à baldaquin au milieu de la chambre, dans un style Henri II ou peut-être Henri III, mais ce n'était pas là l'objet de son désappointement. Iphigénie, l'amazone grecque, était allongée sur le matelas, la tête appuyée sur sa main droite, le godemichet ceinturé à sa taille, comme si elle attendait quelqu'un pour passer à l'action :

— Approche beau prince ! lança-t-elle en jouant de l'index pour lui signaler de la rejoindre.

Ernest était méfiant, mais cette femme rousse ainsi affalait, presque offerte, vêtue comme un homme mais aux formes à damner un eunuque l'excitait à un point tel que sans même s'être saisi de son ruban, il baissa son pantalon, imaginant déjà la baiser là, sur ce lit de roi. Mal lui en prit, car surgi de derrière une commode, Hubert lui déroba son ruban, ce qui eut pour effet de refroidir immédiatement les ardeurs conquérantes du prince :

— Les Sarrasins ont gagné cette croisade ! lança Hubert qui triomphait dans son costume de sultan en arborant le ruban rouge qu'il venait de saisir.

Ernest ne comprenait pas et resta interdit, sa trique s'amollissant tout à coup :

— Oh, on est en train de le perdre ! s'exclama Iphigénie, le sourire aux lèvres en s'asseyant sur le bord du lit à présent qu'elle n'avait plus besoin d'appâter le chaland.

— Tu lui expliques ? demanda Hubert, tout sourire.

— Mais, que… quoi ? bredouilla Ernest, toujours égaré.

— Je m'en occupe ! reprit Iphigénie. Vois-tu, Ernest, j'ai dérobé dans cette même pièce le ruban du prince Hubert ! Seulement, si j'aime beaucoup mon godemichet et suis décidée à l'utiliser, comment puis-je baiser un homme pendant que celui-ci me baise également ? C'est la limite de l'amazone ! J'ai donc fait un marché avec Hubert pour piéger une autre proie. Je lui donne un peu d'aide, je lui laisse le ruban qu'il aura dérobé et nous baisons à trois. Lorsque la porte de la salle de bain a claqué, j'ai su que nous tenions notre pigeon ! Il me suffisait de m'alanguir pour faire baisser la garde au petit oiseau pendant que le chat le plumait !

— Ce n'est pas pour rien que l'on dit les rousses filles du Diable ! continua Hubert. Désolé Ernest, mais je ne pouvais pas me permettre de perdre sans avoir au moins récupéré un ruban.

— Maintenant messieurs, à poil !

Les deux princes obéirent aux instructions d'Iphigénie qui prenait très au sérieux son statut d'amazone. Une fois qu'ils furent nus, elle les invita à la rejoindre sur le lit et les branla un peu, chacun d'une main, pour redonner de la vitalité aux membres mous et décider sur pièce lequel serait digne d'elle. Quand les deux sexes furent bien durs, bien étendus comme il convenait, elle jeta son dévolu sur celui d'Ernest. La fougue de l'homme l'avait impressionnée et lorsqu'elle avait vu surgir cette pine du collant princier elle l'avait presque sentie dans son bas-ventre. Maintenant, elle la voulait vraiment en elle. Pendant ce temps, elle s'occuperait du cul d'Hubert qui, plus charnu et plus rond que celui d'Ernest, lui plaisait davantage pour un chevillage en règle :

— Allez, à quatre pattes ! lui dit-elle. Toi, le prince charmant, tu me baiseras, mais attention, tu me taquines le minou seulement, pas la rondelle !

— Je saurai m'en contenter ! répliqua Ernest qui ne se trouvait pas perdant.

Hubert s'accroupit, s'étirant comme une chatte pour faciliter le travail d'Iphigénie qui jugeant assez doux son godemichet de silicone l'enfila à sec dans le cul offert de son sultan de pacotille. Hubert expira un simple « Oh, oui ! » quand elle fut bien introduite et qu'elle commença à donner de la croupe pour le ramoner consciencieusement. C'était à ce moment qu'Ernest devait s'introduire à son tour après avoir soulevé les ptéryges[1] de son amazone et dévoilé un touffu minet de rousse enserré entre les sangles ajustées du godemichet. Il aurait aimé pouvoir mettre les lèvres, lécher de sa langue ce buisson de délices, mais s'il avait toute la nuit, Iphigénie comptait bien accélérer le plaisir pour aller cueillir d'autres rubans. Il en allait ainsi. Elle demanda à Ernest de se presser. Égaré dans ses pensées luxurieuses, il revint à la réalité, et empoignant sa pine, il la plongea au milieu des poils chatouilleux puis entre les lèvres chaudes et humides de la jeune femme, témoignage du bon accueil qu'elle lui faisait. Iphigénie avait la chevelure et le buisson

---

[1] Lanières de cuir formant la jupe à franges des armures antiques.

flamboyants, mais elle brûlait également d'un feu intérieur, et à peine Ernest avait-il pris ses quartiers, qu'elle exigea qu'il s'enfonçât jusqu'à la garde, jusqu'à ce qu'elle sentît ses testicules contre sa peau :

— Éjacule en moi ! Surtout, ne te retire pas. Ne t'inquiète pas, tu ne me feras pas d'enfant sur ce coup ! Mais baise-moi et mouille-la-moi ! Dépose ta semence dans la femme comme un homme !

Ernest ne se le fit pas dire deux fois, et tandis qu'Iphigénie enculait son prince, lui-même la lui mettait aussi loin que possible, et comme il éprouvait une grande frustration à ne pouvoir sentir sous ses mains les deux globes généreux qui pendait à la poitrine de son amazone, dissimulés qu'ils étaient sous sa cuirasse, il se laissa tenter par la chevelure de feu qui s'agitait sous ses yeux. Il y avait en elle toute la vitalité d'une jument sauvage, et après avoir plongé le visage dans cette crinière incandescente, l'avoir touchée de ses mains, Ernest s'en saisit, et comme les rênes de la monture qu'il enfourchait, il la tira en arrière, forçant Iphigénie à se cambrer, à ployer sous sa poigne virile. Loin de résister, l'amazone se laissa faire, se délectant de cette énergie, de cette tension bestiale qui s'installait. Le pilon qui la pénétrait ne s'en portait que mieux, elle n'en mouillait que davantage, et sentait dans sa poitrine et ses membres cette chaleur piquante qui donne à l'orgasme féminin sa saveur lancinante. Ernest savait s'y prendre, baisant et léchant la gorge et la nuque offerte d'Iphigénie qui abandonnait son attitude mâle pour se délecter des plaisirs que lui donnait son prince. Hubert s'en trouvait perdant, car ses coups de reins ralentirent, et elle en oublia complètement de le branler. Il en regrettait presque son pari, car cette sodomie ratée ne valait pas le prix d'un ruban, et s'en fut totalement fini lorsqu'Ernest, au moment où il tirait un cri passionné d'Iphigénie, d'un ultime mouvement de croupe éjacula en elle. Le sperme chaud s'extirpa longuement des couilles pour s'aventurer dans l'accueillante demeure de la femme. La main d'Ernest se crispa sur la chevelure d'Iphigénie qui au cri de plaisir joignit un petit gémissement de douleur, mais à cet instant de la vie d'une femme, lorsque la jouissance est telle que l'abandon est total, plaisir et douleur se confondent, se superposent comme deux faces d'une même médaille. Elle s'affaissa sur Ernest qui sans se retirer, passa au contraire son bras sous sa poitrine et l'embrassa sur les lèvres, chercha sa langue dans cette bouche qui expirait le souffle court de l'amazone à bout de force. Il aurait voulu l'étouffer un peu plus de plaisir, la posséder totalement, mais il fallait qu'il se rende à l'évidence, la grande guerrière n'avait plus grand-chose à offrir. Elle agonisait déjà, et lorsqu'Hubert se fut écarté, frustré au possible, et qu'Ernest eut lâché prise, la pine encore dure, elle resta allongée un moment, tentant de récupérer de son extase érotique sur le matelas moelleux. Elle tâta son sexe et en tira, au bout du doigt un peu de la semence blanchâtre d'Ernest mêlée à ses propres glaires. Le prince avait su lui en laisser une once à l'entrée, et elle plongea son doigt maculé dans sa bouche, le suçant avec provocation devant les deux hommes. Ernest en sourit, car il avait malicieusement étalé le rouge à lèvres d'Iphigénie qui, cramoisie d'excitation, en sueur, les cheveux désordonnés et le visage barbouillé de son maquillage, n'avait plus rien de la fière odalisque qui quelques instants plus tôt avait si bien su détourner son attention allongée sur le lit, le godemichet en avant. C'était son œuvre, et il n'en était pas peu fier, et pour lui et pour elle, et tant pis pour le pauvre Hubert qui s'était contenté d'une fausse pine dans la rosette.

-VII-

Pendant que cette scène se jouait, dans une autre chambre, au même étage de la demeure, Clémentine se voyait déposséder de son ruban par Clarisse qui, arrivée dans le dos de la jeune femme, l'avait violemment poussée sur le lit avant de se jeter sur elle et de la dépouiller sans lui laisser aucune possibilité de résistance. La bouillante Blanche-Neige avait subjugué la princesse exotique qui n'avait pas soupçonné de telles compétences de lutteuse chez ce petit bout de femme. Pourtant, c'était bien elle qui se trouvait écrasée sur le matelas, et maintenant à la merci des caprices de Clarisse qui rêvait depuis le début du jeu d'une partie saphique. Elle aimait le physique fin et élancé de Clémentine, ses petits seins que retenaient parfaitement une simple brassière ornée de sequins, ces fesses légèrement pommées qui feraient un délice sous la langue et ce pubis aux lèvres roses, plus nymphettes que celles d'une lolita. Clémentine était à la fois une femme dans toute la force de son développement, et en même temps elle avait un peu de l'adolescente, ce qui ravissait Clarisse qui pouvait jouer à la maîtresse éduquant au plaisir cette grande fille de Clémentine :

— Alors, comment vas-tu me croquer ? lança cette dernière, pas du tout déçue de savoir qu'une femme pleine de fougue s'amuserait avec elle.

— Ce lit a des barreaux, je pense que c'est un signe ! répliqua Clarisse en prenant ses menottes et en réclamant celles de Clémentine. Elle lui menotta ainsi les deux poignets aux barreaux du lit. Puis elle lui banda les yeux avec le foulard de satin et lui appliqua sur la bouche le bâillon en forme de pomme. Clémentine se laissa faire, obéissante, trouvant déjà ce jeu très excitant et ressentant, avant même de l'éprouver pour de bon, tous les titillements sensuels dont Clarisse saurait la gâter. Cette dernière savait mettre de la délicatesse dans ses gestes, dans ses effleurements, elle faisait frissonner sous ses doigts sa captive dont les poils se hérissaient au contact de cet épiderme délicat de femme sur sa peau. Après avoir ainsi immobilisé la jeune femme, elle dégrafa sa brassière, dévoilant sous les paillettes rutilantes deux seins fermes comme la jeunesse, mais aux larges aréoles et piqués de-ci de-là de grains de beauté qui ne gâchaient en rien le spectacle. Au contraire, Clarisse voulut goûter de suite à cette poitrine. Elle plongea sa langue entre les deux globes, tout frémissants des battements cardiaques de Clémentine, de sa respiration profonde, des frissons que lui causait la langue froide de Clarisse sur sa peau nue. Cette dernière parcourut les seins, piqua des dents les deux tétons qui pointaient et ne demandaient qu'à être saisis par celle qui saurait tirer d'eux leur miellat érotique. Aveuglée, bâillonnée, attachée, Clémentine aimait cette impuissance à laquelle l'avait réduite Clarisse, et quand bien même ne ressentait-elle pas cette sensation complète de soumission qu'elle aurait pu avoir face à un homme musculeux et viril, elle en savourait un plaisir plus subtil, plus complice, plus sensuel, et une chaleur indicible envahit son corps lorsque les lèvres et la langue de Clarisse vinrent glisser sur sa gorge et sur sa carotide dévoilée, endroit si sensuel et si fragile, battant d'une vie qu'un rien pouvait libérer. Clarisse poussa le vice jusqu'à tâter de

l'ivoire de ses incisives le fin épiderme sous lequel coulait à flots redoublés le sang chaud de Clémentine. C'était un jeu, et Clémentine ne ressentait aucune peur véritable, mais s'imaginant à la merci d'un vampire sensuel et taquin avec sa proie, le plaisir l'envahit, et cela se révélait aux râles étouffés par le bâillon qui s'échappaient de sa gorge et à ses mains menottées qui se crispaient insensiblement.
Clarisse, installée à califourchon sur sa victime, sentait aussi entre ses cuisses son ventre se contracter avec son souffle, signe que la langueur de la jouissance s'installait. Elle se redressa, ôta à son tour ses vêtements et écarta les jambes de Clémentine pour dévoiler mieux cette vulve adulescente qui avait pourtant bien dû voir une grande cour durant sa courte vie. Clémentine n'avait rien d'une Sainte Vierge malgré son apparence innocente. Clarisse fit d'abord courir sa main sur le ventre de sa captive, puis approchant de son sexe, elle la massa lentement, mais intensément, cueillant bien toute la richesse aphrodisiaque que recèle l'entrejambe d'une femme au-delà de cette fente si tentatrice à l'homme. Elle caressa l'aine, l'intérieur des cuisses, le pubis, ce périnée si délaissé entre le

con et le cul. Aucune parcelle de cet entrecuisse offert ne lui échappa, à sa main d'abord, puis à sa langue, et enfin, enjambant en ciseau la jeune femme, elle appliqua son propre sexe contre le sien. Elle voulait échauffer cette vulve délicate, lui donner la couleur rubiconde de l'extase et la faire mouiller davantage tout en éprouvant elle-même le plaisir sexuel auquel elle était en droit de prétendre. C'était elle qui avait volé le ruban, elle devait aussi prendre sa part et non se contenter de la lie dans la coupe de la jouissance charnelle. Les frottements furent secs, Clarisse ne put retenir quelques grimaces, Clémentine était contrainte de se taire et n'avait d'autres choix que de se laisser aller au plaisir pour n'en lubrifier que plus vite. Cela arriva inévitablement, chez l'une comme chez l'autre, car en dépit de la douleur, elles se désiraient, elles s'excitaient, elles s'extasiaient et la sauvagerie n'ajoutait qu'à cette exaltation du désir. Ce n'était plus seulement de l'effleurement, des caresses, des massages, mais presque une pénétration, car ainsi unies l'une à l'autre, dans l'harmonie entre leurs pensées et leurs corps torturés de plaisir, elles semblaient fondues d'une seule pièce. Un sculpteur, en dépit de son talent, n'aurait jamais pu saisir la communion de ces deux êtres que le simple frottement commun d'un petit organe confondait corps et âme.

Clémentine ne pouvait parler, mais elle aurait voulu dire à Clarisse « Pénètre-moi, déchire-moi, ouvre-moi ! » pour que celle-ci s'enfonçât encore davantage en elle. D'ailleurs, la sultane ne se laissait pas chevaucher passivement et donner de la croupe comme une jument indocile pour forcer l'orgasme. Elle ne se contentait plus de recevoir. Atteinte dans ses sens, elle en avait oublié les libertés dont elle avait été privée et usait des autres, de toutes celles par lesquelles elle pouvait toucher au but qui l'animait désormais : l'ultime jouissance de l'orgasme féminin. Son corps se cabrait, se déhanchait, les barreaux du lit tremblaient, le souffle de la jeune femme s'accélérait vivement et n'ayant pour respirer que son nez, son visage s'empourprait. Clarisse était tout à son plaisir elle aussi, mais ne perdait pas de vue le minois bâillonné de Clémentine. Elle savourait son étouffement extatique en s'assurant qu'elle ne s'asphyxiât pas de cette petite mort qui la guettait de près. Clarisse sentait venir l'orgasme dans le ventre et les hanches de sa monture. Elle-même en vint à fermer les yeux, à accélérer frénétiquement ses coups de reins, ajoutant les doigts pour forcer un peu le destin inéluctable. Puis elle poussa un cri, puis un autre, de petits cris échappés instinctivement d'une gorge serrée par la jouissance, d'un corps contracté sur un autre corps tendu de plaisir. L'orgasme venait enfin, un orgasme long, intense, si intense qu'il imposait le silence, stoppait la respiration et se savourait à l'aveugle, les pensées toutes tournées vers cet irradiant Éden de l'extase absolue. Lorsque Clarisse rouvrit les yeux, son premier regard fut pour Clémentine, dont la poitrine se soulevait au rythme des aspirations rapides et saccadées qu'elle prenait, cherchant l'oxygène pour reconstituer ses forces et retrouver ses esprits. Clarisse se mit à califourchon sur elle, et approchant sa bouche du bâillon de sa captive, elle en lécha la salive dont Clémentine l'avait abondamment couvert, puis la lécha sur son menton, puisqu'elle avait coulé tout aussi généreusement de cette bouche qui ne pouvait se clore. Puis, elle lui retira son bâillon. Clémentine prit une profonde aspiration comme si elle retrouvait le grand air après être demeurée trop longtemps dans une cave sans lumière. Puis Clarisse lui rendit la vue et les deux femmes se sourirent, puis se mirent à rire, front contre front, euphoriques du bonheur qu'elles avaient éprouvé. Elles s'embrassèrent goulûment, rattrapant en un instant une partie qui s'était jouée sans ce plaisir simple mais si contentant du baiser à la française. Ni l'une ni l'autre n'était pressée d'en finir, et pourtant, il le fallait bien. Clarisse retira les menottes à sa captive qui massa aussitôt ses poignets endoloris. Elle avait tant tiré qu'elle les avait rougis, et alors que le plaisir sexuel l'avait détourné de ses petites douleurs, elle sentait maintenant qu'elle avait lutté un peu trop fort contre ses entraves :

— Ce n'est rien par rapport à ce qu'on s'est donné ! lança Clémentine pour rassurer Clarisse qui la regardait avec embêtement.

Du fait de ses poignées douloureux, Clarisse jugea préférable de ne pas la menotter à nouveau, mais Clémentine insista, elle voulait être attachée dans le dos et être conduite nue à sa prison, selon le règlement :

— Allons jusqu'au bout ! rétorqua-t-elle, se levant déjà du lit et tendant ses bras derrière elle pour recevoir la marque de sa défaite.

Clarisse s'exécuta, baisant comme pour saisir l'ultime goutte de plaisir la nuque encore chaude et humide de sueur de Clémentine. Clarisse pourlécha ses lèvres de sa langue pour en garder la saveur salée, le goût de ses ébats avec sa princesse orientale qui laissait là ses habits de sequins pour revêtir ses fers d'esclave.

-VIII-

Tandis que l'étage brûlait ainsi d'ébats passionnés, au rez-de-chaussée, le calme semblait régner, et Pierre qui avait commencé dans la chapelle errait mollement de pièce en pièce, d'autant plus méfiant qu'il arborait un véritable costume d'arlequin. Il ne pouvait passer inaperçu, et néanmoins, où qu'il alla dans le château, il ne rencontra personne, jusqu'à aboutir finalement dans une salle de bain où il prit le temps de se rafraîchir un peu. La tension lui donnait chaud, au moins autant que l'arpentage de la vaste demeure qui paraissait tout à fait déserte. Il ne comprenait pas. Il en profita pour faire un tour aux toilettes, et à l'instant où il se rinçait les mains, la porte s'entrouvrit derrière lui, sans aucune discrétion particulière, soit que la personne pensait la pièce vide, soit qu'elle avait entendu l'eau couler et s'attendait à faire face à son adversaire. Pierre se retourna, prêt à la confrontation, et il trouva devant lui Vittorio, le chaperon calabrais qui, tout sourire, signala au boyard russe son désir de parlementer :

— Je savais que ça allait être toi. J'avais noté ton parfum vétiver. Il empeste dans ton sillage, lança-t-il en refermant la porte derrière lui.

— De quoi veux-tu parler ?

— Tu vois, j'ai déjà un ruban. Je l'ai pris au colosse, Jim. C'était bien, mais maintenant, je cherche une dame alors tu ne m'intéresses pas vraiment. On pourrait s'entendre pour en piéger à deux. J'aurais la première, car l'idée vient de moi, et je t'aiderai à piéger qui tu souhaites en retour. Tu es aussi athlétique qu'une barrique, excuse-moi de te le dire, tu es habillé comme un arlequin et ton parfum te signale à cinquante mètres à la ronde. Tu n'as aucune chance de tirer ton coup ce soir et si tu es encore en jeu c'est bien parce que tu es une proie si facile que tout le monde te réserve pour la fin.

— Qui me dit que tu ne m'entourloupe pas ?

— Honnêtement, j'aimerais bien que ma soirée ne se résume pas à des culs masculins. Je suis un Calabrais ! J'ai envie de caresser une femme, d'en baiser une, de lui donner ce plaisir que seuls savent donner les hommes italiens !

— Puisque tu es si doué, pourquoi as-tu besoin de moi ?

— Pour tout te dire, ta femme, Iphigénie, elle me va bien. Je l'ai croisée ramenant ses captifs. Enfin, je crois qu'elle a négocié quelque chose. Bref, elle est toujours en jeu et ça a l'air d'être une femme rusée et de caractère. Une rousse quoi ! Tout ce qu'il me faut. Tu pourrais peut-être l'appâter ! Elle ne se méfiera pas de toi. Tu lui fais l'amour tous les jours, pourquoi la voudrais-tu ce soir ? Puis elle se croira plus maline et habile, gonflée par ses succès. À ce moment, tandis que tu la distrairas je me saisirai de son ruban. Qu'en penses-tu ? Je suis sûr qu'elle a fait pareil. Je te le dis, je l'ai croisée avec Ernest et Hubert. Ils étaient nus, mais l'un d'eux tenait un ruban. Elle les a entourloupés l'un après l'autre pour son petit plaisir. Alors, faisons de même avec elle, unissons nos forces !

Pierre commença à réfléchir, se disant que l'idée n'était pas bête, mais il doutait beaucoup de l'honnêteté du Calabrais qui pouvait tout aussi bien profiter d'un coup de main pour ne jamais le rendre. Cependant, il n'eut pas à cogiter longtemps, car pendant que Vittorio s'impatientait, la porte de la salle de bain s'ouvrit à nouveau laissant apparaître Iphigénie qui se manifesta dans toute sa fulgurance d'amazone :

— Alors, ça bavasse en douce ! lança-t-elle, en toisant les deux hommes.

— Nous parlions de toi justement ! répliqua Vittorio assis sur le rebord de la baignoire. Alors le boyard, tu as pris une décision, c'est le moment !

— Oh, mais je sais de quoi vous parliez ! tonna Iphigénie. Tu crois que je n'ai pas remarqué tes airs sur moi le chaperon ! Lorsque je t'ai croisé, j'ai bien vu que tu me reluquais comme un vieux libidineux qui reluquerait le cul d'une adolescente. Et pas qu'un peu ! Au dîner, tu avais les yeux fourrés dans mon décolleté et j'osais à peine imaginer l'état de ta pine sous la table ! Et toi Pierrot, tu joues contre moi, c'est ça ?

— Non, non, ma « génie » chérie ! Je... j'ai refusé sa proposition !

— Prouve-le !

— Mais comment ?

— Prends-lui son ruban ?

— Mais il est plus athlétique que moi !

— Débrouille-toi ou je l'aide à te prendre le tien !

— Attends Pierre, réagit Vittorio, c'est une bonne femme, on est deux hommes, on aura tôt fait de la maîtriser et de lui prendre son ruban ! On partagera si tu veux !

— Pierre, répliqua Iphigénie, si tu fais ça tu ne me prendras plus jamais en levrette !

— Foutaise ! Elle adore ça comme toutes les femmes ! Elle te suppliera de lui offrir ce plaisir dans deux jours ! reprit Vittorio.

— Pierre, tu es un homme, un vrai, tu ne vas pas t'en prendre à une femme seule avec un complice comme lui ?!

Pierre était coincé entre deux feux et hésitait vivement. Alors Iphigénie décida de précipiter les événements en éteignant la lumière et en plongeant la pièce dans le noir absolu. Elle se jeta là où elle avait situé Vittorio, près de la baignoire, mais le rapide Calabrais s'était déjà envolé. Il avait bondi sur Pierre et avait vainement tenté de cueillir son ruban, avant de prendre la fuite, craignant qu'à deux contre un ses chances de succès fussent trop amenuisées. Il savait qu'Iphigénie ne lui prendrait pas son ruban et qu'elle ne se laisserait pas prendre le sien, mais qu'elle ferait faire le boulot par Pierre. Vittorio n'avait aucune envie de recevoir de ce dernier la moindre gâterie, et la fuite était la meilleure issue. Pierre resta un moment interdit avant de rallumer la lumière et de trouver Iphigénie, les quatre fers en l'air, effondrée dans la baignoire. Elle avait glissé dedans en se précipitant sur Vittorio qui l'avait habilement esquivée. Pierre, oublieux du jeu en voyant sa petite amie dans cette situation, s'approcha d'elle pour l'aider à se relever. Mais ce geste n'apaisa pas le courroux d'Iphigénie qui avait vu plus d'une hésitation dans les yeux de son homme au moment de choisir entre elle et ce malandrin de Calabrais. Il avait été près de la livrer à cet individu machiavélique. Aussi, dès qu'elle fût debout, tandis que Pierre lui demandait si tout allait bien, elle n'eut aucun scrupule à se fondre dans ses bras pour mieux saisir dans son dos son précieux ruban :

— J'espère, dit-elle, que cela te servira de leçon.

— Mais, « génie », j'ai refusé de l'aider !

— Tu as hésité oui ! Tu étais à un rien de me poignarder dans le dos ! Et maintenant que tu

as laissé s'échapper le chaperon, je n'ai pas d'autres choix que de prendre ton ruban. Désolé pour toi ! Tu n'avais qu'à te décider !
— Tu vas utiliser ton godemichet ?!
— La sodomie t'effraye petit Pierre ?
— Disons que je suis sensible !
— Petite nature ! Bah, je m'en suis déjà servie. Faut varier les plaisirs. Tout à l'heure j'ai fait ça dans un lit douillet. Si tu me prenais debout, sauvagement, là, sous la douche ? Mais attention, pas en levrette. Face à face ! Pour la levrette, il y aura abstinence pour quelque temps !
Pierre accepta, retira ses vêtements en même temps qu'Iphigénie et ils allèrent tous deux dans la baignoire. Tandis qu'il fermait l'évacuation, elle ouvrait le robinet, pas trop fort, juste pour qu'il s'écoulât sur leurs peaux une eau tiède qui joindrait ses caresses à celles des mains et des lèvres.
Comme Pierre était encore un peu mou, moins excité que transi par la succession des émotions qu'il venait de traverser, Iphigénie s'agenouilla dans la baignoire, et enserrant les couilles de son homme, procéda avec le réflexe de l'habitude à une fellation dans les

règles de l'art. Elle alla même titiller un peu le périnée et le cul, d'un doigt seulement, mais assez pour qu'en un rien de temps, Pierre fût aussi bandé qu'une corde de violon. Il était vrai que l'eau tiède sur la peau invitait au plaisir charnel, et oublieux de ses mésaventures, Pierre commençait à être tout entier accaparé par l'idée de faire l'amour à cette femme qui, accroupie à ses pieds, le suçait en levant vers lui ses yeux de madone. Elle voulait être prise debout, à la sauvage, et elle s'était jouée de sa naïveté, alors il allait la satisfaire, et par la même occasion, lui faire comprendre à coup de reins toute sa frustration. Sans la prévenir, il lui saisit les bras, la releva et l'aplatit contre le carrelage froid du mur tout en lui maintenant les poignets. Il se colla à elle, jusqu'à écraser ses seins contre sa poitrine, à coincer entre ses cuisses, contre cette vulve buissonnante qu'il connaissait si bien, son sexe ferme qui ne tarderait pas à la pénétrer. Mais il voulait d'abord goûter aux lèvres de sa femme, ces lèvres qu'avait déjà goûtées un homme ce soir-là, mais qui ne demandaient qu'à frémir de nouveau sous les baisers d'un autre. Les lèvres se rencontrèrent, les langues s'entremêlèrent, et tout en frottant sa pine entre les jambes d'Iphigénie, tout en cherchant à caresser la fente désirable de son sexe pour lui faire sentir ce qui l'attendait, il alla humer dans son cou son odeur, ce parfum de la femme chaude d'excitation, cet arôme chargé de phéromones qui même sous l'eau tiède ne disparait jamais au nez d'un homme excité comme l'était Pierre. Sans traîner bien longtemps en préliminaire, et parce que l'eau montait dans la baignoire, arrivant bientôt aux chevilles des deux amoureux, il lâcha un poignet de la jeune femme pour guider sa verge vers sa destination : la vulve déjà chaude et humide d'Iphigénie. Passant ses bras sous les aisselles de l'amazone, Pierre s'enfonça en elle, l'écrasa contre le mur de tout son corps, lui tira un cri d'extase violent et instinctif. C'était l'étreinte sauvage qu'elle voulait, ce sexe à la hussarde qui ne cédait rien à la douceur, mais gardait le plaisir, cet amour qui avait dû lasser tant de femmes d'hier et qui à présent les excitait car devenu trop rare. À chaque coup de reins de Pierre, Iphigénie sentait son cul battre le carrelage. Le ventre et la poitrine de son homme l'oppressaient et elle n'avait aucun moyen de se dégager de cet ogre viril qui la martelait, claquait ses cuisses contre les siennes, la tenait prisonnière de son désir pour son plus grand bonheur. Iphigénie se délectait de voir cet homme à l'air empoté et placide, en émulsion devant elle, redevenu cet être charnel et luxurieux, cet animal presque, qui transformait en coït bestial un rapport charnel. Tout en la ramonant vivement, avec d'autant plus de facilité que l'eau chaude lubrifiait généreusement, il la reniflait, il la maintenait ferme comme sa prisonnière, et comme il avait le sentiment de ne pas être assez vivement uni à elle, ses mains allèrent lui chercher le cul. Les deux mains de Pierre se posèrent sur les fesses d'Iphigénie, se refermèrent sur elles comme deux pinces, l'une et l'autre allant bien se fondre dans la raie des plaisirs, tapant aux portes de l'anus. Tandis qu'il glissait dans l'amazone à chaque coup de reins, il la retenait de ses bras fermes pour l'empêcher de reculer. Pourtant, il n'y avait guère de recul, mais l'esprit de Pierre divaguait dans un nuage de vapeurs charnel, et il voulait aller plus loin, plus fort, aussi fort que l'exigerait son plaisir. Puis ses mains se crispèrent, ses ongles s'enfoncèrent dans la peau d'Iphigénie qui poussa un cri, un vrai cri de douleur cette fois, alors que Pierre déchargeait en elle et l'étouffait de toute sa masse. Il se contracta violemment, ses jambes tremblaient, il respirait fort et quand tout fut fini, qu'il eut tout donné de sa sauvagerie, il se relâcha, non sans se retenir à Iphigénie qui était elle-même impressionnée de ce que venait de lui donner son homme. Ce dernier était aussi rouge qu'une pivoine, et visiblement éreinté, elle l'aida à s'asseoir sur le rebord de la baignoire avant de couper l'eau qui arrivait désormais à mi-hauteur du bassin. Comme pour le remercier de cet effort, elle alla chercher de sa langue, au bout de son gland encore dur, les derniers écoulements de la semence glutineuse qui s'en échappaient :

— Dis donc, dit-elle en se massant les fesses, il va falloir que je te frustre plus souvent ! Tu es sacrément remonté quand tu es frustré ! Je peux te dire que je me suis sentie femme de partout ! Mes seins, mon cul et ma petite chatte vont s'en souvenir longtemps ! Regarde, je suis toute rougie et ce n'est pas l'eau chaude qui m'a transformée en écrevisse !

— Tu voulais être prise à la sauvage, te voilà contente ! J'ai jamais eu une telle trique ! Et je n'ai pas goûté aux pilules. Je ne me l'explique pas, mais c'est peut-être bien la colère qui m'a fait cet effet.

— Eh bien je vais faire des jalouses, car si tous les hommes ronchons les baisaient comme tu viens de le faire pour moi, elles les mettraient volontiers en colère pour être honorées comme ça ! On est une vraie femme qu'avec un vrai homme !

Pierre approuva, mais cela ne l'empêcha pas de se retrouver promptement menotté lorsqu'Iphigénie eut revêtu sa tenue d'amazone, remis son godemichet à la taille et retrouvé un peu de ce statut de femme forte, de rousse fatale, qu'elle savait si justement abandonné lorsqu'il s'agissait de céder aux plaisirs de la chair.

-IX-

Tandis qu'Iphigénie conduisait Pierre au grand salon où le deuxième canapé se remplissait à son tour de captifs se délectant de petits fours et se racontant leurs mésaventures respectives, dans le bureau japonais, une nouvelle victime venait de tomber entre les griffes de Clarisse qui s'était jouée de la curiosité de son petit ami, Daniel. Ce dernier avait été estomaqué par la munificence de la pièce, et particulièrement de la vitrine qui ornait un de ses murs, emplie de curiosités orientales. Parmi elles, un godemichet en ivoire avait immédiatement captivé son attention. Il avait la forme d'un pénis en érection, et la base du gland et de l'objet lui-même étaient baguées d'or étincelant à la lumière. Il imaginait déjà combien de geishas avaient dû l'employer sur elles ou sur quelques-uns de leurs admirateurs et souriait en songeant à l'emploi de matériaux si nobles pour explorer des cons et des culs. Cet instant d'inattention avait été fatal à Daniel qui, même en voyant en reflet dans le verre de la vitrine la silhouette preste de Clarisse s'échapper d'un rideau, n'eut pas le temps nécessaire pour parer l'attaque de son assaillante. Elle avait bondi telle une gazelle et saisi le ruban avant de s'affaler au sol dans son élan :

— Eh bien minette, tu m'as tendu un beau piège ! lança Daniel en l'aidant à se relever.

— N'est-ce pas mon doudou ? Ça t'apprendra à reluquer les trésors de ton ami !

— Je l'admets, j'ai été faible ! Mais avoue quand même qu'un godemichet en or et ivoire ça fait voyager l'esprit ! À ton avis, qu'est-ce qu'on ressent avec ça dans le cul ?

— Ça doit être dur et froid !

— C'est sûr, du bois aurait aussi bien fait l'affaire. C'est ça les riches. Ça veut du chic, du cher, lorsque le bon marché est aussi pratique et plus confortable.

— En attendant, tu me dois un gage et tu ne vas pas y couper au prétexte que tu es mon petit ami !

— C'est vrai ! Revenons à nos affaires. Tu as pris mon ruban, je suis donc à tes ordres. Que dois-je faire chère Blanche-Neige ?

— Je vois que tu as un joli fouet ? Praskovia est passée à la casserole ?

— En effet ! Et je vois que tu as croqué la Clémentine !

— C'est juste ! Allons, déshabille-toi et va t'asseoir sur cette chaise.

— Celle avec les barreaux ?

— Oui. Allez !

Daniel s'exécuta. Clarisse ne fut pas malheureuse de voir que sans même l'avoir touché ou émoustillé son homme était déjà bien débridé. Le seul fait d'anticiper le plaisir qui l'attendait lui dressait la pine. Ce fut pire encore lorsque Clarisse lui menotta les mains dans le dos à travers les barreaux de la chaise et qu'elle le menaça de lui mettre le bâillon :

— Tu vois, je te laisse libre, car j'ai besoin de ta langue et de tes lèvres, mais si tu oses crier, je te le mets !

Daniel promit d'être silencieux, même lorsque viendrait l'orgasme :

— Oh, mais on verra ça après ! D'abord je vais essayer un peu ce fouet ! Dix coups, c'est bien mérité. J'imagine que tu ne t'es pas privé sur Praskovia ?

— Non, je l'ai fouettée dru. Mais elle le méritait, elle avait commencé à en jouer sur moi pour se défendre. C'était une punition justifiée.

— Eh bien il est temps qu'une femme venge une femme.

Clarisse leva le fouet et l'abattit sur la poitrine de Daniel qui grimaça. Lui qui avait vu dans l'instrument un objet de fantaisie se disait à présent que les lanières de cuir n'étaient pas si tendres que ça et qu'il en avait peut-être abusé sur le dos de Praskovia. Ce fut pire au deuxième coup, et au cinquième sa poitrine lui brûlait comme s'il s'était allongé sur un poêle. Au septième, il poussa un léger mugissement que Clarisse transforma en douze coups. Ce n'était pas pour lui déplaire, car si Daniel éprouvait une douleur piquante sur la poitrine, cela ne nuisait nullement à son excitation. Il avait la pine plus ferme que jamais. Entre ses deux jambes écartées, elle se tendait, et à chaque nouveau coup de fouet, elle s'ébranlait, se tendait un peu plus, croissait comme pour inviter la tortionnaire à cesser son action et à venir la rejoindre, la savourer ; supplique ultime du condamné pour convaincre le bourreau de l'épargner.

Clarisse resta inflexible et alla au bout de ses douze coups. Le torse de Daniel était cramoisi, au moins aussi rouge que son sexe gorgé de sang chaud :

— Te voilà bien bandé. C'est moi que tu veux bien sûr ! Praskovia a été loin de te tirer toutes tes forces dis-donc.

Clarisse y alla de son petit discours et s'installa à califourchon sur les jambes de Daniel, de telle sorte qu'elle lui faisait face et qu'elle sentait sous sa jupe, entre ses cuisses, la pine raide de son homme excité. Elle commença par lécher le torse de sa victime, là où les lanières avaient laissé les marques les plus sensibles, puis elle alla chercher la bouche du captif pour partager un langoureux baiser. Sur sa chatte entrouverte, Clarisse devinait l'effet qu'elle lui faisait. Elle craignait presque que ce sexe turgescent, dur comme du bois et qu'elle empêchait de pointer déchargerait avant même de l'avoir introduit en elle. Ça, elle ne pouvait s'y résoudre, et pourtant, elle voulait encore provoquer un peu cet homme qu'elle tenait à sa merci. Ordinairement, Daniel n'était pas trop pour lui laisser les rênes, alors c'était l'occasion d'en profiter et de s'amuser. Elle passa le foulard qu'elle avait saisi à

Clémentine derrière la nuque de Daniel et s'aidant de ce moyen de fortune, elle entreprit de lui caresser la pine en dodelinant de la croupe. Elle se contentait de lents mouvements, mais tentait de leur donner de l'intensité, d'aller chercher entre les lèvres de sa vulve qui s'humidifiait le sexe en érection de son prince, sans toutefois lui accorder le passage. Elle voulait le frotter seulement, le provoquer en s'amusant avec lui et le jeu prenait une dimension d'autant plus excitante qu'il se déroulait bien à l'abri des regards, sous la jupette jaune de Clarisse qui ne s'était pas dévêtue. Daniel aurait aimé se soulager en cris, en râles, en paroles salaces comme Clarisse les aimait, mais il devait se retenir, et Clarisse, comme pour le torturer davantage, se répandait elle-même en gémissements aigus, en ronronnements, glissant parfois, au milieu d'eux, quelques mots grivois. Elle savait bien l'effet que ces artifices pouvaient produire, ce qu'un simple soupir était en mesure de faire chez un homme, encouragé à redoubler d'efforts pour tirer de la femme un cri d'extase. Mais Daniel se trouvait impuissant puisqu'il était menotté et que Clarisse prenait un malin plaisir à lui refuser l'entrée de son chaud minet. Il sentait sa mouille l'enduire, son gland glisser entre les lèvres humides de sa douce, mais elle ne le laissait pas s'introduire en elle, jouant habilement de la croupe pour qu'il en fût toujours ainsi, jusqu'à ce qu'elle craignît sérieusement l'éjaculation. Daniel n'était pas du genre à tenir très longtemps sous l'emprise d'une telle excitation. Clarisse le savait, alors elle se releva légèrement, passa sa main sous sa jupe et saisissant la pine de Daniel, elle fit en sorte de s'asseoir dessus, mais cette fois, en la mettant dans son sexe. Son visage s'embellit d'un sourire de bonheur lorsqu'il s'enfonça en elle telle l'épée dans son fourreau, effleurant ses muqueuses sensitives, coulissant sur son clitoris qu'en experte elle savait éreinter sur les pines masculines. À présent, elle sautait sur les cuisses de Daniel, se levait pour mieux se rasseoir et se laisser gagner par l'extase que lui procurait ce va et viens sauvage. Daniel se retenait toujours de crier, mais Clarisse, sans plus songer à la provocation, ne tarissait pas en gémissements de toute sorte, en petits couinements qui les auraient sûrement fait rire l'un et l'autre s'ils n'avaient été à l'orgasme imminent. Clarisse surtout semblait appelée à craquer la première, et elle finit par lâcher son foulard et par s'accrocher au cou de son homme alors que ses forces s'apprêtaient à la quitter pour donner toute sa vigueur à l'orgasme annoncé. Bientôt, elle se rassit et ce fut pour de bon. Elle expira un cri étouffé, étreignit son homme de toutes ses forces, et convulsant à plusieurs reprises, elle finit par s'affaler sur le torse qu'elle avait tant martyrisé, rompue, brisée, et puisqu'elle était ainsi réduite à l'impuissance, Daniel partit lui aussi de son cri de jouissance. La pine au plus profond de Clarisse, il lui offrit la semence que Praskovia ne lui avait pas dérobée. Le couple resta ainsi une longue minute, Clarisse reprenant ses esprits sur la poitrine battante de son homme, écoutant son cœur, caressant ses flancs, appuyant sa joue contre cette peau poilue qu'elle aimait tant torturer et caresser. Elle avait le sentiment de se laisser bercer par la vague après la tempête, dérivant sur la mer :

— C'était bien ? demanda simplement Daniel une fois qu'il fut lui aussi un peu plus rasséréné.

— Oh oui ! répliqua Clarisse. Mais j'ai tout fait aussi !

Elle termina sa phrase par un large sourire et déposa un baiser sur les lèvres de son homme pour lui signifier qu'elle le taquinait :

— Eh bien puisque tu as tout fait, peut-être comptes-tu me détacher ? Je ne vais pas pouvoir le faire moi-même et je commence à attraper des crampes.

— On est si bien, on pourrait encore attendre quelques minutes, non ?

Daniel grimaça :

— Bon, d'accord, reprit-elle.

Elle se leva, réajusta son costume puisque dans ses sauts de cabris un de ses seins s'était échappé de son corsage, et prenant la clé des menottes, elle en libéra son captif :

— Ouf, une chose est certaine, si on recommence la prochaine fois tu m'attaches avec un drap ou n'importe quel bout de tissu, mais pas avec ces menottes. Ça fait mal aux poignets !

— Pire que le fouet ?

— Ah ça ! Je te promets que tu ne perds rien pour attendre !

Clarisse se pencha à son oreille et lui murmura :
— Mais j'y compte bien mon doudou, j'y compte bien !

-X-

Clarisse ramena donc son « doudou » au grand salon, gargarisée par ce deuxième triomphe qui après un rapide calcul auprès de Balthazar la plaçait fort bien pour la victoire :
— Vous êtes quatre encore, lui précisa-t-il.
Elle se disait qu'une troisième capture lui garantirait certainement de finir en tête, et elle se remit aussitôt en chasse, non rassasiée après ses deux extases torrides entre les bras de Clémentine et de Daniel. Au contraire même, elle sentait encore l'odeur de ces deux corps sur sa peau halitueuse, celle de leur transpiration, de leurs fluides, elle avait le goût de leur salive et de leur sueur dans la bouche, et tout cela l'excitait démesurément. Elle voulait encore éprouver l'orgasme ce soir-là et quiconque lui tomberait sous la main ferait l'affaire. Il lui fallait juste l'attraper, mais ses succès lui avaient donné toute confiance à ce sujet. Une confiance qui lui fit perdre de vue qu'à l'approche du dénouement de la partie, il ne restait nécessairement que des concurrents

rusés et habiles et que la prudence était la seule attitude à adopter pour aller jusqu'au bout du jeu. Elle se trouva bientôt dans la salle de billard, là même où son époux avait pris Praskovia en levrette devant Ernest. Le trio devisait désormais sur le canapé de Balthazar. Elle s'apprêtait à sortir pour gagner une pièce voisine, quand son œil s'arrêta sur le collier et la laisse attenante qui se trouvait juste devant la porte que Clarisse avait décidé d'emprunter. Méfiante, elle regarda autour d'elle, imaginant un piège de Sarah et supposant qu'elle allait bondir sur elle en s'échappant d'une cachette au moment où elle se baisserait pour ramasser l'objet :
— Sarah, si tu es là, sache que je t'observe ! lança Clarisse.
La jeune femme n'obtint aucune réponse et ramassa subrepticement le collier sans aucune anicroche. « Voilà qui pourrait me servir ! », songea-t-elle. Elle scruta à nouveau la pièce pour s'assurer que ce n'était pas un guet-apens, mais le lieu était tout à fait silencieux. Silencieux, jusqu'à ce qu'un petit couinement se fit entendre. C'était le grincement d'une charnière mal huilée. Clarisse n'eut aucun mal à en deviner l'origine et elle se retourna

aussitôt pour faire face à Sarah qui, trahie par le bruit intempestif, ouvrit grand la porte derrière laquelle elle s'était cachée pour surgir sur sa concurrente. Depuis la pièce voisine, elle avait observé tous les faits et gestes de Clarisse par le trou de serrure, attendant le bon moment pour l'attaquer une fois qu'elle se serait crue en sûreté. Mais l'assaut à pas de loup avait échoué, et voilà que les deux femmes luttaient à même le sol, chacune retenant les mains de l'autre pour éviter de perdre son ruban, grognant, grimaçant, s'agrippant. Blanche-Neige et la Belle aux bois dormants luttaient comme deux chiffonnières, la seconde sur la première, la brune sur la blonde. Puis ce fut bientôt l'inverse, Clarisse parvenant à se dégager pour passer au-dessus. Plaquant ses cuisses sur celles de son assaillante, elle tentait de lui immobiliser les jambes, mais cela ne lui permettait pas d'accéder au ruban de Sarah qui aurait mis fin à la rixe. Celle-ci le protégeait jalousement, tout en essayant elle-même de se faufiler dans le dos de son adversaire qui, pour plus petite, lui proposait une résistante surprenante. Mais les forces de Clarisse diminuèrent plus rapidement, et

Sarah réussit à se dégager et à l'aplatir contre le sol, sur le ventre, tout en lui passant sur le dos. Assise à califourchon sur ses reins, elle se coucha sur elle et passa son bras sous son cou pour lui signifier que la lutte devenait inutile :

— Voilà Blanche-Neige, tu es à moi ! lui glissa-t-elle tout en lui tenant le menton et en la maintenant bien plaquée au sol, prévenant ses tentatives de se libérer. Sarah s'empara du ruban et se redressant, laissa Clarisse récupérer du combat :

— Petite mais teigneuse ! lança Sarah. J'aime ça !

— Tu n'es pas dans la même catégorie de poids que moi ! répliqua Clarisse, piquée d'avoir perdu.

Sarah sourit :

— C'est vrai. À armes égales tu aurais sûrement gagné. Mais avoue que ma ruse était bien montée malgré tout.

— J'avais deviné !

— Oui, les femmes ont l'instinct pour ça. Tiens, le foulard de Clémentine ? Je vois que les femmes t'émoustillent ?

— J'aime le sexe, c'est bien normal !

— Oui, moi aussi. Recevoir la belle pine d'un homme est sans commune mesure, mais parfois une femme à besoin de la douceur d'une femme. Elles caressent différemment, elles jaugent mieux leur brusquerie. C'est parfois agréable. Même pour une fille au sang chaud comme moi. On ne peut pas toujours être dans le torride !

— Pourtant je peux t'en offrir !

— C'est ce que j'ai vu ! Mais toi je vais plutôt apaiser tes ardeurs !

Sarah demanda à Clarisse de se déshabiller, de s'accroupir à quatre pattes, puis elle prit son collier et le mit autour du cou de la jeune femme qui releva ses cheveux pour que celle qui allait devenir sa maîtresse pût mieux passer la sangle :

— Là, dit Sarah une fois son œuvre faite, ce n'est pas trop serré ? Tu réponds un « ouaf » pour oui, deux « ouaf » pour non.

Clarisse répondit par deux « ouaf » en souriant de ce jeu de rôle qu'elle n'avait encore jamais expérimenté. Comme Sarah s'aperçut du sourire sur le visage de Clarisse, elle lui assena une fessée sur le cul :

— Allons, cesse de sourire, une chienne ça ne sourit pas !

Clarisse effaça aussitôt son sourire de ses lèvres et fit mine d'être penaude.

Sarah alla s'asseoir dans le même fauteuil qu'occupait Ernest lorsqu'il avait regardé sa femme se faire prendre par Daniel. Elle prit place tout en tenant en laisse Clarisse qu'elle fit avancer à quatre pattes derrière elle. Elle lui ordonna de faire la belle, de dresser la poitrine, de donner la patte, puis de tirer la langue et d'haleter. Sarah prenait un plaisir manifeste à voir la poitrine de Clarisse se gonfler sous les aspirations, à entendre l'air s'expirer bruyamment de cette bouche bordée de lèvres vermeilles desquelles s'échappait une longue langue tentatrice. Ensuite, elle lui demanda de japper, puis quand elle eut estimé que Clarisse s'était pliée à toutes ses exigences, elle lui menotta les mains dans le dos :

— Tu n'en auras pas besoin pour ce que je vais te demander, dit-elle avant de se déshabiller et d'aller se rasseoir. Elle écarta largement les jambes et continua :

— Viens donc mettre ton museau ici et lécher ta maîtresse.

Clarisse s'exécuta, avançant sur les genoux, mais comme elle n'allait pas assez vite au goût de Sarah, celle-ci lui assena un coup de laisse sur l'épaule. Clarisse poussa un glapissement pour satisfaire sa maîtresse, et parvenu au plus près de la chatte offerte de Sarah, elle commença son œuvre. Sarah tenta au début de se montrer inflexible, de ne pas céder au plaisir qu'elle éprouvait lorsque la langue de Clarisse s'introduisait dans sa fente, que la jeune femme mordillait légèrement le bord de sa vulve, qu'elle allait avec un tact infini titiller le clitoris que Sarah avait très développé. Mais rapidement, cette dernière lâcha la laisse, renversa sa tête en arrière, ferma les yeux et commença à se masser les seins. Ronds, fermes, d'une belle couleur bronze, Sarah les empoignait de ses deux mains, pinçait ses tétons avec vigueur et gémissait pour accentuer encore sa sensation de plaisir. L'instant ne tarda pas où à la salive de Clarisse se mêla la cyprine de Sarah, abondante et visqueuse, qui inondait son sexe sous l'effet de l'excitation. Insensiblement, Sarah commença à donner de la croupe, puis posant ses mains sur la tête de Clarisse, elle voulait que celle-ci allât plus loin, plus fort :

— Mords-moi, chienne ! ordonna-t-elle.
Clarisse s'exécuta et Sarah poussa un cri d'agonie extatique :
— Oh oui, bouffe-moi !
Clarisse réitéra son action, ce qui fit trembler Sarah de tout son corps. Elle en resserra ses jambes, emprisonnant entre ses deux cuisses d'athlète la tête de sa captive qui ne pouvait plus se retirer. Clarisse continua son œuvre, pinçant les lèvres épaisses de Sarah, mordillant comme exigé tout en léchant cette mouille qui n'en finissait plus de s'écouler de la fente dilatée. Clarisse en avait le nez couvert, la bouche barbouillée, si bien que ses efforts produisaient moins d'effet émoustillant sur Sarah. Celle-ci écarta alors les cuisses, repoussa du pied Clarisse qui bascula en arrière sans pouvoir se rattraper à cause des menottes, et totalement sous l'emprise de son euphorie sexuelle, guidée par quelques fantasmes, Sarah plongea sa main dans son sexe, se caressant frénétiquement. Elle hurlait, seule sur son fauteuil en se masturbant comme une possédée, se massant la poitrine de l'autre main, essayant, si seulement elle l'avait pu, de se mordre les tétons pour accentuer encore cette extase diabolique qui s'était emparée d'elle.

Clarisse gisait là, à ses pieds, complètement oubliée par sa maîtresse, et se contentait d'observer, non sans un certain plaisir, la petite mort de Sarah dont la mouille séchée déjà sur ses joues, ses lèvres et son nez. Les secondes s'écoulèrent, puis une minute, et soudain, un liquide semblable à de l'eau s'échappa du sexe de Sarah, d'abord sous forme de jets violents qui éclaboussèrent Clarisse, puis d'écoulements plus doux, tel un filet d'urine échappé de son méat. Sarah s'était tellement contractée et si vivement relâchée au moment de l'orgasme qu'elle avait bien pu uriner dans un même temps, mais passant sa langue sur ses lèvres trempées de ce liquide, Clarisse constata qu'il n'avait aucun goût. Sarah était donc de ces femmes qui tout en jouissant éjaculaient comme les hommes. Cela donnerait un peu de travail à Balthazar pour nettoyer, à moins qu'Hubert ne trouvât à son fauteuil, après un tel baptême, toutes les raisons de ne pas le laver.

Sarah finit par émerger de son voyage sexuel, car vraiment, elle semblait s'en être allée loin, et constata avec étonnement que Clarisse se trouvait étalée sur le sol. Elle l'aida à se redresser et remarqua qu'elle l'avait éclaboussée au visage :

— Tu as été surprise et tu es tombée en arrière, c'est ça ? demanda-t-elle.
— Pas tout à fait, mais ce n'est pas bien grave…
— Attends, je vais nettoyer ça !
Sarah se mit aussitôt à l'œuvre, passant sa langue là où il y avait de ce liquide si singulier, saisissant sur le minois de Clarisse les gouttes ultimes de son plaisir indicible. Puis elle l'aida à se mettre debout, et la fessant une dernière fois pour lui signaler d'avancer, elle l'emmena au grand salon où Clarisse retrouva, plus vite qu'elle l'eût cru, son cher doudou qui discourait avec Praskovia en profitant en même temps du balcon charnu de la jeune slave.

-XI-

Avec cette capture, Sarah revenait dans le jeu et se donnait la possibilité de le gagner, mais comme pour Clarisse qu'elle venait de priver de ses chances, son triomphe fut de courte durée. Non qu'elle fût maladroite, imprudente, grisée par sa confiance, mais un homme non moins rusé qu'elle errait encore dans les couloirs du manoir, et habilement dissimulé derrière une commode, il venait de la voir passer en poussant Clarisse devant elle pour la conduire au grand salon. Il était assuré qu'elle repasserait, et il resta dans sa cachette jusqu'à ce qu'elle revînt. Elle passa à côté de lui sans le voir, et plutôt que de bondir soudainement, il entreprit de suivre sa compagne, car cet homme n'était autre que Vittorio. Il connaissait Sarah par cœur, aucune partie de ce corps sculptural ne lui était inconnue et elle n'était pas en tête de ses proies désirées, mais il n'avait plus le droit de faire la fine bouche alors que Pierre lui avait échappé si bêtement. Il serait toujours temps de s'occuper d'Iphigénie plus tard puisqu'ils n'étaient plus que trois, et pour gagner, il lui fallait se débarrasser de Sarah avant que la dangereuse rousse ne jetât son dévolu sur elle. Discrètement, il entreprit donc de la suivre, imaginant qu'Iphigénie devait elle aussi chercher Sarah et qu'avec un peu de chance cette dernière pourrait servir d'appât pour capturer la belle amazone. Ce petit manège se poursuivit d'abord au rez-de-chaussée, puis à l'étage, et une seule fois Vittorio faillit se dévoiler en heurtant un guéridon qui suscita immédiatement la méfiance de Sarah. Elle se retourna, prêta l'oreille, mais ne vit rien, le chaperon calabrais ayant réussi au dernier moment à se soustraire à sa vue. Parvenu à l'étage, Sarah commença à explorer les pièces, et il devint plus difficile pour Vittorio de la suivre sans risquer de se dévoiler à cause du long corridor qui distribuait chaque salle. Il pouvait se tenir loin, mais il redoutait qu'Iphigénie fût cachée dans l'une d'elles, et trop distant, il craignait de ne pas accourir à temps pour piéger la belle rousse qu'il convoitait avant que celle-ci n'eût saisi le ruban de Sarah. Alors, il pensa qu'il était temps d'attaquer. Voyant sa compagne entrer dans une chambre, il s'empressa d'aller l'attendre près de la sortie. Il lui fallait être réactif, car Sarah le verrait sitôt le seuil franchi, mais il comptait sur l'effet de surprise et de sidération. À juste titre, car Sarah s'attendait si peu à voir Vittorio bondir sur elle qu'elle poussa un cri de terreur avant de recevoir la main du Calabrais sur la bouche et d'être repoussée dans la pièce. De son autre main, Vittorio arracha sans mal le ruban. Encombrée des différents objets saisis à Clarisse, Sarah n'eut pas le temps de le contrer :

— Tu es fou, dit-elle une fois que Vittorio l'eut lâchée, tu m'as fait une de ces frayeurs !

— Il faut savoir tendre des guet-apens pour gagner ma petite douceur ! Tu n'as pas été assez vigilante. Je te suis depuis un moment.

— Le guéridon c'était toi ?

— Eh oui. Mais je suis leste comme tous les Calabrais. Tu le sais bien !

— J'espère que pour m'avoir eue tu vas me baiser royalement !

— J'ai un autre plan figure-toi ! Viens un peu par ici. Mets-toi nue et allonge-toi sur ce lit.

Sarah ne tergiversa pas et se trouva bientôt les mains menottées derrière un barreau du lit et les pieds liés avec le foulard que Sarah avait récupéré sur Clarisse. Puis Vittorio lui appliqua le bâillon en forme de pomme sur la bouche avant de lui expliquer qu'il ne la baiserait pas tout de suite :
— Tu vas attendre bien sagement et bien silencieusement ici ma petite coquine ! Tu vois, je te baise une fois par jour, souvent plus, alors je ne saurais rien apporter d'original, là, maintenant, sauf si j'ajoute un petit piment roux ! Iphigénie court toujours et je la veux pour moi ! Je veux mettre mon chibre dans son petit cul de rousse. Quand je l'aurai capturée, je la ramènerai ici et nous nous amuserons à trois. Qu'en dis-tu, tu es d'accord ?
Sarah acquiesça d'un mouvement de la tête :
— C'est sage, car ce fouet pourrait bien te tomber sur les reins ! Bon, je te laisse, et n'essaye rien ! Profite juste de ce petit repos, car je vais revenir très vite et tu vas avoir besoin de toutes tes forces, car tu vas prendre chère. Je suis gentil, je te laisse la lumière ! À tout à l'heure ma douceur !

Vittorio disparut, se mettant en quête d'Iphigénie qui errait encore dans le grand manoir et ne serait pas facile à débusquer dans la vaste demeure. Même si la jeune femme n'était pas du genre à se cacher, il y avait bien des pièces à arpenter, et la fin du jeu pouvait durer plus longtemps que prévue. Sarah songeait à cela et se disait que Vittorio lui avait joué un vilain tour et qu'elle lui ferait payer cette farce. Elle tenta de tirer sur les liens de ses pieds, pensant qu'elle avait peut-être une chance de les faire céder, mais Vittorio avait serré comme s'il la voulait vraiment otage, et elle comprit après quelques tentatives qu'il lui faudrait prendre son mal en patience. C'était une réflexion bien philosophique pour Sarah qui lui venait seulement parce qu'elle imaginait déjà la partie à trois qui s'annonçait, le beau petit cul laiteux d'Iphigénie, ses cheveux de feu et l'amusement qui pouvait en résulter. Après tout, si le plaisir et l'originalité étaient au rendez-vous, rester attachée et bâillonnée seule sur un lit pendant un moment n'était pas la pire des tortures. Mais les minutes passèrent et chacune parut plus longue que la précédente à Sarah dont le sang chaud et le tempérament sanguin s'accommodaient mal de sa situation de captive impuissante. Puis, alors qu'elle commençait vraiment à se lasser et à jurer qu'elle se vengerait de Vittorio, il lui sembla entendre un bruit venant du couloir. Ses sens ne l'avaient pas trompé, car la poignée de la porte tourna bientôt sur elle-même, et s'ouvrant, la silhouette d'Iphigénie se dressa dans l'entrebâillement. Sur l'instant, cette dernière resta immobile, puis elle scruta minutieusement l'intérieur de la pièce, car en voyant Sarah ainsi installée sur le lit, elle crut à un piège savamment monté par Vittorio. Elle savait maintenant à quel point il était roué et capable des pires stratagèmes, et Sarah avait pu l'aider à monter une combine maintenant qu'il ne restait plus que trois concurrents, dont un couple plein de ressources. Toutefois, elle eut rapidement la certitude que Vittorio avait déserté les environs, et curieuse d'en apprendre plus, elle alla retirer son bâillon à Sarah pour qu'elle lui expliquât la situation. Iphigénie l'écouta non sans être gagnée par une idée maligne. Elle sentait dans le témoignage de Sarah, dans le son de sa voix, dans son échauffement manifeste, qu'elle en voulait à Vittorio de s'être joué d'elle ainsi et

qu'elle était prête à lui jouer un tour en retour.
Iphigénie lui dit alors :
— Sarah, si je te proposais de te venger de lui, qu'en dirait-tu ?
Sarah répondit par un «oui» ferme et définitif :
— Alors je te propose de te délivrer et de t'aider à prendre ta revanche, mais à une condition. Que tu m'aides à le capturer. Il est rusé comme un renard et seule il me sera difficile de le surprendre. Puis il est plus fort que moi, à la lutte il prendrait le dessus et à la course également. Par contre, il ignore totalement que je t'ai libérée. Si je pouvais le distraire, et son admiration pour ma rousseur est telle que ce ne sera pas bien difficile, tu pourrais en profiter pour le prendre à revers et lui retirer son satané ruban. Je gagnerai le jeu et nous nous amuserions bien toutes les deux en mettant Vittorio sur ce lit à ta place.
— Je suis preneuse !
— Solidarité féminine ?
— Solidarité féminine.
— Parfait ! Mais attention, pas d'embrouille. Mon pierrot a tenté de jouer à ça avec moi et il est dans le grand salon maintenant.

— Promis ! Si tu me délivres, je n'aurai qu'une parole. Et j'ai trop hâte de voir ce goujat allongé à ma place me suppliant de lui pardonner !

Iphigénie défit le foulard et puisque les clés des menottes étaient toutes identiques, elle les déverrouilla, rendant sa liberté à Sarah qui se rhabilla avant d'accompagner sa sauveuse à la poursuite du roué chaperon.

Celui-ci explorait tout le manoir, se désespérant de mettre la main sur Iphigénie qui restait introuvable alors qu'elle-même devait le chercher ardemment pour en finir avec le jeu de brillante manière. Il arriva dans la salle de billard et releva sur le fauteuil et le tapis les traces humides laissées par les ébats de Sarah quelque temps plus tôt. Il savait que sa petite amie était une véritable fontaine au moment de l'orgasme, mais ce n'était pas elle qu'il pistait et il continua son exploration en remontant à l'étage et en s'aventurant dans la partie gauche du corridor. Il alla jusqu'au bout et entra dans la première pièce. C'était un petit boudoir attenant à une chambre, vides l'un et l'autre. Puis il explora la pièce qui lui faisait face. Rien. Il continua à la porte suivante, et là, en ouvrant, il constata qu'il se trouvait dans une chambre d'un style rococo tout de dorure et de pampilles auxquelles Iphigénie, allongée sur le lit dans une position pour le moins suggestive, les cuisses écartées et le gode-ceinture attaché à ses hanches, faisait écho avec sa chevelure flamboyante et l'éclat de ses yeux verts. Vittorio s'avança, suspicieux, car l'offrande était trop belle pour être vraie :

— Comme on se retrouve ! lança Iphigénie tandis que Vittorio s'avançait.

— Je ne suis pas naïf, tu ne vas pas te donner comme ça !

— Crois-tu ? Non, si tu veux mon cul, il va falloir que tu cravaches pour ça !

— Oh, j'adorerais te cravacher ! Et ça ne saurait tarder ! Je sais que tu es seule. Tu vois ce ruban à ma ceinture ? C'est celui de cette pauvre Sarah. Et j'ai la rapidité et la force pour moi. Ton ruban va tomber entre mes mains quelque soit ta résistance, mais j'espère qu'elle sera forte. J'en serai tout excité et le jeu sera plus drôle !

— Alors, viens donc le chercher.

Vittorio ne se le fit pas répéter deux fois et se rua sur le lit, tentant par tous les moyens d'arracher à Iphigénie son ruban qu'elle défendait jalousement en essayant de contenir les mains baladeuses de Vittorio qui cherchaient à se glisser dans son dos. Mais le Calabrais était bien rusé, et comme il voyait que la jeune femme lui tenait tête, il lui accrocha sa paire de menottes à un poignet tout en cherchant l'autre pour l'immobiliser et la rendre plus docile. Il était sur le point d'arriver à ses fins et de transformer l'amazone récalcitrante en captive soumise, lorsqu'il sentit une pression dans son dos. Il se retourna et se déconfit tout à coup en voyant Sarah, debout devant lui, échappée d'une penderie, un ruban entre les mains. Ça ne pouvait être que le sien. Il glissa sa main dans son dos et ne le sentit pas. Le visage blêmissant, il s'écria :

— Ce n'est pas du jeu, je t'ai capturée, tu es hors compétition !

— Tu ne m'as pas ramenée au grand salon comme tu le devais ! Tu aurais dû, car Iphigénie m'a gentiment libérée et maintenant je lui suis redevable ! Pendant que tu me faisais languir d'ennui, au froid, nue, menottée et bâillonnée sur un lit lorsque tu aurais dû m'apporter la chaleur de ton corps, de tes baisers, de ta semence sur ma peau douce... Tu es un goujat Vittorio le Calabrais !

— Mais ma douce, ce n'était que pour mieux te faire l'amour plus tard ! Je t'aurais fait prendre ton pied, grimper au rideau comme jamais, cette attente languissante t'aurait rendue plus réceptive à mes caresses et à mes coups de reins ! Crois-tu que ça a été facile pour moi de te voir ainsi offerte nue sur le lit ? Je n'avais qu'une envie : te baiser sauvagement comme tu l'aimes !

— De baiser Iphigénie oui, menteur ! Peut-être même l'aurais-tu baisée devant moi en me faisant languir sur mon lit !

— Comment peux-tu penser ça de moi ?

— Eh bien maintenant c'est à ton tour, vieux goujat !

— Mais ma douce...

— Pas de ma douce qui tienne ! J'ai donné ma parole et je la tiendrai.

— Allez le chaperon, libère-moi de tes menottes ! lui lança Iphigénie.

Il les retira par obligation, mais le regard chargé d'amertume, et comme Sarah le lui avait promis, ce fut lui qui se retrouva nu, les mains et les pieds attachés au lit de fer forgé, le bâillon sur la bouche :

— Tu vois Vittorio, à trop manœuvrer on se fait prendre à son propre piège ! lui dit Iphigénie en s'asseyant près de lui, juste assez pour que sa cuisse déjà découverte puisse lui toucher la hanche et provoquer un léger sursaut d'excitation. Surtout lorsqu'on essaye de manipuler les femmes ! Et elles ont la vengeance cruelle !

Vittorio essaya de marmonner une réponse, mais rien d'audible ne s'échappa de sa bouche bâillonnée :

— Allons, poursuivit-elle, tu te fais du mal. Je comprends ta frustration bien sûr, car tu n'auras enculé qu'un homme ce soir, mais ne t'inquiète pas, nous allons tout faire pour ne pas te laisser ce seul petit souvenir ! Sarah, à toi !

Sarah s'empara du fouet et s'approchant de son homme, elle lui dit :

— Désolé Vittorio, mais je dois obéir à Iphigénie !

Puis sans attendre, elle lui infligea sa première flagellation sur le torse. Vittorio voulut lui crier de cesser, la supplier, mais comme il restait désespérément muet et que Sarah était déterminée, elle continua, prenant un malin plaisir à fouetter ce goujat. Mais cela n'eut que peu d'effet sur son excitation. Il la gardait bien molle, contrite entre ses jambes comme une queue soumise qui craignait qu'à se dresser on ne la châtrât. Iphigénie eut donc une idée plus doucereuse pour lui faire relever la tête. Elle fit venir Sarah près d'elle, et posant ses mains sur ses joues, elle plongea sa langue dans la bouche de la jeune femme. Sous les yeux de Vittorio, elle lui donna un baiser langoureux, passionné, collant son corps nu contre le sien. Les formes généreuses d'Iphigénie épousèrent celles athlétiques et sveltes de Sarah, les seins de l'une s'écrasèrent fougueusement sur ceux de l'autre, et le godemichet de l'amazone glissa entre les cuisses de la belle sans s'introduire en elle..., pas encore. Sarah plongea ses mains dans la chevelure rousse d'Iphigénie, Iphigénie alla caresser les épaules de Sarah avant de descendre jusqu'à sa croupe, de la palper consciencieusement. Ce moment passionné eut sur Vittorio l'effet escompté. Sa pine se leva, se gonfla, s'allongea, et lorsque les deux femmes eurent fini leurs ébats saphiques, un énorme gland décalotté à la teinte vineuse leur faisait face, tout offert à leurs envies les plus perverses :

— Eh bien le voilà qui daigne enfin se découvrir devant nous ! s'exclama Iphigénie en invitant Sarah à aller s'intéresser de plus près à celui qui venait de s'inviter à la fête. Tu veux bien le sucer pour moi Sarah ? Me montrer comment tu fais avec ton homme !

Sarah sourit avant d'engloutir dans sa bouche, après la langue d'Iphigénie, le sexe turgescent de Vittorio. Iphigénie la regarda faire, non sans porter sa main à son minet roux. Pendant que Sarah gonflait ses joues en avalant la pine du chaperon, qu'elle lui crachait dessus pour la faire glisser un peu mieux entre ses lèvres, Iphigénie, allongée à côté du captif, se masturbait ostensiblement en introduisant ses doigts dans son sexe. La bouche contre l'oreille de Vittorio, elle gémissait pour l'exciter davantage, pour lui rappeler ce à quoi il ne pouvait prétendre, savourant en pensée seulement ce qu'il avait tant désiré. Iphigénie ne s'installerait pas sur cette pine et Sarah ferait tout le travail. La fellation dura un temps, puis, comme le jeu lassa l'une et l'autre, Iphigénie le fit cesser. Jugeant qu'il était temps de passer aux choses sérieuses, elle détacha les pieds de Vittorio, se mit à genoux devant lui, lui leva les jambes qu'elle plaça sur ses épaules, et saisissant son godemichet, alla chercher le cul du Calabrais. Elle y alla d'un coup sec en disant :

— Je n'ai pas de lubrifiant, alors il vaut mieux faire comme pour le sparadrap. D'une traite !
Vittorio poussa un cri étouffé, puis son pouls s'accéléra, et finalement, lorsqu'il fut bien dilaté et que le godemichet sereinement niché eût trouvé le point prostatique, il se rasséréna :

— Allons, Sarah, continua Iphigénie, tu ne vas pas laisser ce beau membre se ratatiner ! Branle-le jusqu'à ce que son sperme se répande sur lui.

Sarah s'empara du sexe de Vittorio et le tenant bien d'une poigne ferme, elle lui appliqua ce mouvement continu qui avec la régularité d'une horloge provoque inévitablement l'orgasme masculin. Mais Iphigénie lui demanda de ne pas aller trop vite ni trop fort, car elle voulait enculer Vittorio assez longtemps pour faire grimper l'excitation, démultiplier sa jouissance et lui faire sentir dans les tréfonds des reins qu'elle aussi savait jouer de la croupe. Elle voulait qu'il s'écoulât de son sexe, à fines gouttes, de son suc blanchâtre trait à même la prostate, qu'il goûtât au plaisir de la sodomie qu'il avait promise à Iphigénie. Du plaisir, il en avait, mais il ne pouvait l'exprimer verbalement. Tout son corps était en tension et de sa bouche s'écoulaient de longs filets salivaires que Sarah venait parfois cueillir d'une main leste non sans continuer de le branler en faisant en sorte que tout son sexe reçût le stimulus aphrodisiaque. À chaque mouvement de croupe, les gémissements de Vittorio — seul son qui s'extirpait de sa bouche — se faisaient plus intenses, et Iphigénie se trouvait confortée dans l'idée qu'elle devait y aller plus fort, plus intensément, plus profondément. Sarah elle-même se laissa emporter, et le cul au moins aussi chaud que la pine de Vittorio, elle usa bientôt de sa deuxième main pour se soulager entre ses cuisses brûlantes. Loin de s'apaiser, elle s'échauffa davantage en se massant le clitoris, et ses efforts à branler son homme se firent moins réguliers et moins intenses. Cela n'eut aucune conséquence notable, car Vittorio était déjà à bout, et avant même la fin de la traite d'Iphigénie à la noix de sa prostate, il éjacula à gros jets, vidant jusqu'à son bâillon ses couilles calabraises. Iphigénie ne s'arrêta pas pour autant, mais lorsqu'il eut expulsé jusqu'à la dernière goutte de sa semence virile, Sarah ne put résister à la tentation, et sa langue glissa sur le ventre et le torse éclaboussés de son homme en quête du précieux liquide qu'il venait de répandre. Il contenait toute la jouissance qu'elles avaient su lui apporter, elle et Iphigénie, tous les fruits savoureux d'une vengeance qui s'avérait d'une délicieuse cruauté. Lorsque Sarah eut fini son œuvre, que Vittorio fut inerte sous l'effet de l'orgasme qui l'avait ébranlé jusque dans ses entrailles, Iphigénie daigna enfin se retirer, lâchant les jambes flasques de l'homme qui glissèrent de ses épaules pour tomber sans résistance sur le matelas. Pour elle, s'en était fini. Elle avait extirpé son suc à Vittorio, elle avait pris son dû, elle avait gagné la partie. Elle laissa Sarah lui rendre sa liberté, très temporairement bien sûr, car elle lui remit sitôt les menottes pour le conduire au grand salon, avant de se voir elle-même remettre l'instrument de sa capture aux poignets par Iphigénie. C'était purement symbolique, car de toute façon, il n'y avait plus grande importance à prouver quoi que ce soit. Iphigénie avait été la seule à échapper à la capture, avait été la première à capturer deux concurrents, et avait témoigné plus d'une fois de son intelligence de jeu. Elle était la grande gagnante de la partie et il était temps d'y mettre un terme en revenant triomphalement auprès de Balthazar.

-XI-

Lorsque le trio entra dans le grand salon, Balthazar, en arbitre de la partie, déclara le jeu terminé puisqu'il n'y avait plus de concurrents en course. Il proclama Iphigénie vainqueur, lui remettant à cet effet sa décoration, une médaille en argent sur laquelle était gravé un motif montrant une jeune femme à la cuisse bien ronde, prise en levrette par un homme qui se faisait lui-même fouetter les fesses par une autre femme :

— C'est la récompense du vainqueur, ajouta Hubert, mais la véritable est l'honneur que tu auras l'année prochaine d'organiser à ton tour une partie libertine à laquelle je l'espère nous serons tous conviés ! Même Jim et Clémentine dont je tiens à saluer l'engagement aujourd'hui, et si vous le souhaitez l'un et l'autre, vous serez les bienvenus maintenant que vous êtes initiés ! Iphigénie fut chaleureusement félicitée, et alors que tous se rhabillèrent, les discussions s'enchaînèrent autour de petits fours et de verres de champagne. Elles portaient évidemment toutes sur les événements de la soirée, sur les ruses et les manigances de chacun, les exploits aussi, car d'exploits, il y en avait eu beaucoup à entendre les récits qui se narraient. Les discussions allèrent à si bon train que personne ne vit disparaître Iphigénie, la star de la soirée, qui s'éclipsa discrètement. Ce fut finalement Hubert qui le premier constata son absence, et avec la sienne, celle de Vittorio. Même Pierre n'avait pas remarqué la disparition de sa compagne, trop occupé avec Sarah qui avait ignoré celle de son Calabrais. Comme le mystère grandit, tous entreprirent de chercher les deux absents qui, en vérité, n'étaient pas bien loin. Iphigénie avait bien torturé ce pauvre Vittorio, elle avait rusé mieux que lui pour gagner le jeu à sa place, elle s'était refusée à ses désirs, mais le jeu était fini. Il n'y avait plus ni vainqueur ni perdant, et dans les toilettes, un regard indiscret aurait pu voir Iphigénie, nue contre le mur carrelé, et Vittorio tout contre elle, collé à tel point qu'à n'en pas douter, la braguette ouverte et la pine dressée, il goûtait enfin aux plaisirs exquis de la rousse amazone comme un lycéen cachotier.

FIN

TABLE DES MATIÈRES

-I-	7
-II-	18
-III-	29
-IV-	43
-V-	52
-VI-	61
-VII-	71
-VIII-	80
-IX-	92
-X-	102
-XI-	112
-XI-	130